Né en 1971 à Perpignan, J.M. Erre a publié sept romans aux éditions Buchet/Chastel : *Prenez soin du chien* (2006), *Made in China* (2008), *Série Z* (2010), *Le Mystère Sherlock* (2012), *La fin du monde a du retard* (2014), *Le Grand N'importe quoi* (2016) et *Le Bonheur est au fond du couloir à gauche* (2020). Il est aussi l'auteur de romans pour la jeunesse aux éditions Rageot, de sketchs pour l'émission Groland sur Canal +, et de scénarios pour le cinéma.
Son humour frisant l'absurde, où le comique de langage côtoie le comique de situation, fait de ses ouvrages une curiosité dans le paysage littéraire français. *Qui a tué l'homme-homard ?* (Buchet/Chastel, 2019) a reçu le prix Paris Polar.

**Retrouvez l'auteur sur sa page Facebook :
www.facebook.com/JM.Erre**

J.M. ERRE

Né en 1971 à Perpignan, J.M. Erre a publié sept romans aux éditions Buchet/Chastel. Parmi eux : *Prenez soin du chien* (2006, prix Alexandre Vialatte), *Série Z* (2010), *Made in China* (2011), *Le mystère Sherlock* (2012, prix du roman d'humour), *La fin du monde a du retard* (2014), *Le grand n'importe quoi* (2016) et *Qui a tué l'homme-homard ?* (2020).

Il est aussi l'auteur de chroniques pour la presse (*Marianne, Le Point*) et pour la radio (France Inter, où le feuilleton *Le bureau des affaires secrètes* fut diffusé sur Canal+ et adapté pour le cinéma).

Son humour noir, baroque et burlesque lui a valu une place de choix dans le paysage littéraire. *Qui a tué l'homme-homard ?* (Buchet/Chastel, 2019) a reçu le prix Pierre Dac.

Retrouvez l'auteur sur sa page Facebook :
www.facebook.com/JMErre

QUI A TUÉ
L'HOMME-HOMARD ?

J.M. ERRE

QUI A TUÉ
L'HOMME-HOMARD ?

BUCHET • CHASTEL

© Libella, Paris, 2019
ISBN : 978-2-266-29792-9
Dépot légal : avril 2020

Seul un monstre peut se permettre le luxe de voir les choses telles qu'elles sont. Une collectivité ne subsiste que dans la mesure où elle se crée des fictions, les entretient et s'y attache. S'emploie-t-elle à cultiver la lucidité et le sarcasme, à considérer le vrai sans mélange, le réel à l'état pur ? Elle se désagrège, elle s'effondre.

CIORAN, *Histoire et Utopie*

Je vois la vie en monstre,
le blog de Winona Jane

Épisode 1

Ma première fois, c'était avec un grand blond plus âgé que moi. Il était très maigre, il était très laid, j'étais très vierge. J'avais dix-sept ans, une acné taquine et des envies pressantes depuis longtemps déjà. Je l'avais repéré dans un vidéoclub où je fouinais au rayon films d'horreur. Il tenait à la main le DVD d'une comédie romantique américaine glucosée à mort, un de ces trucs à faire claquer un diabétique en deux séquences. Il était fait pour moi.

Nos regards se sont croisés, il m'a souri, j'ai respiré un grand coup, j'ai frotté mes mains moites contre mon jean, je me suis approchée avec mon DVD de Massacre à la tronçonneuse, et nous avons entamé une ronde nuptiale classique avec son lot de petites blagues, de regards en coin et de gloussements gênés.

Après avoir discuté dans un café assez longtemps pour pouvoir passer à la suite sans paraître bestiaux, nous sommes allés nous perdre au fond d'une ruelle obscure. J'étais timide, j'avais peur de ne pas savoir m'y prendre. Mais, comme on dit, il suffit de laisser faire la nature.

D'une fenêtre nous parvenait la voix d'Édith Piaf. « Quand il me prend dans ses bras, il me parle tout bas, je vois la vie en… » Cela fait des années et je me souviens pourtant de tous les détails comme si c'était hier : le couteau que j'ai sorti de ma poche, la main que j'ai posée sur sa bouche, sa tête que j'ai tirée en arrière, sa gorge qui s'est ouverte sous la caresse de ma lame, le flot de sang qui a jailli, la sensation du corps qui s'abandonne dans mes bras. Et puis l'extase.

On a coutume de dire que la première fois est toujours décevante. La mienne a été une franche réussite. J'avais dix-sept ans, c'était mon premier meurtre.

Ma vocation venait de naître.

MARGOUJOLS

Jour 1

10 h 07

Tout au long de ses soixante-dix années passées à Margoujols, avec une volonté de chaque instant qui forçait l'admiration, Joseph Zimm avait travaillé sans relâche au grand projet de sa vie : se faire détester par l'ensemble des habitants du canton.

Joseph Zimm, dit « l'homme-homard », vomissait le genre humain ; et le genre humain le lui rendait bien. Il ne manquait jamais une occasion de susciter la haine par un geste déplacé, un mot désagréable, un coup d'œil offensant. Moi-même, j'avais droit aux moqueries quotidiennes de l'homme-homard dont l'imperméabilité au concept de compassion battait tous les records. Soucieux de la cohérence de son profil psychologique, Joseph abhorrait avec la même intensité les bestioles, les caillasses, les plantes vertes, et l'ensemble des créations de Dieu le père, qu'il exécrait par-dessus tout, amen. Bref, Joseph Zimm n'était pas le prototype du gars sympa et, en ce matin poisseux d'été caniculaire, il n'y a personne à Margoujols pour pleurer sur son cadavre.

Tout le village est réuni devant sa tanière, une grange en état de décomposition avancée, meublée dans le plus pur style décharge publique seventies. Les cous s'étirent, les langues s'agitent, les mimiques d'effroi et d'excitation palpitent sur les visages. On n'a pas eu de sujet de conversation aussi intéressant depuis le 11 septembre 2001 quand le vieux Childéric avait été surpris en train d'exprimer son affection débordante à une brebis. Alors, on en profite.

Une autruche traverse la rue, indifférente à la foule qui s'écarte pour me laisser passer. Mon petit privilège. Papa fait son maire devant la porte de la grange, beau et grave dans son costume impeccable. Il s'adresse aux villageois en prenant soin d'utiliser des mots qu'ils ne comprennent pas, histoire d'imposer silence et respect. Il aime parler à la populace d'une voix lente et un peu trop basse, sans geste superflu, en fronçant ses sourcils buissonneux pour contrer toute velléité de contradiction. Il apprécie les gens qui l'écoutent sans l'interrompre et, par-dessus tout, ceux qui ne répondent pas. C'est pour ça qu'il m'aime beaucoup.

Dans un coin, réconfortée par deux mamies à grands coups de « mondieumondieumondieu », j'aperçois l'infirmière de Joseph, qui venait lui donner ses soins et recevoir ses insultes. Elle pleure, choquée par l'inquiétante fonte de sa clientèle dans une campagne de plus en plus sinistrée. Si ses patients se mettent à disparaître sans même passer par la case des soins palliatifs, elle n'est pas près de rembourser le crédit de la Twingo. Elle a un haut-le-cœur et régurgite à l'identique la salade sous vide prémâchée qui constitue son ordinaire à midi. C'est elle qui a découvert Joseph

14

éviscéré, émasculé, énucléé, étêté – et mort – dans ses toilettes. Un vrai fléau, cette désertification rurale.

L'homme-homard. Joseph Zimm tenait son surnom de sa malformation physique. Il était né avec une ectro-dactylie, le genre de mot qui génère une envie irrépres-sible de recherche sur Google. Épargnons-nous l'effort et remplissons avec zèle la fonction documentaire de la littérature : l'ectrodactylie est une maladie génétique qui entraîne l'absence de plusieurs doigts chez les mal-heureux dont les mains prennent l'apparence des pinces d'un homard. Terrible handicap qui avait dû valoir à Joseph de multiples moqueries dans son enfance, sans doute l'effroi des femmes, peut-être le rejet de tous ? Mais alors, pourraient s'exclamer certaines âmes cha-ritables, ce terrible état n'expliquerait-il point son tem-pérament farouche ? C'est possible. Précisons toutefois que Joseph était moins rejeté pour sa difformité que parce qu'il était raciste, misogyne, homophobe, pervers et supporter du PSG.

Quant à la liste de ses ennemis susceptibles de le détester assez pour le torturer, le démembrer et lui tirer la chasse dessus, elle est facile à établir. Il suffit de recopier l'état civil du village de Margoujols. Quatre cent trente-deux habitants, quatre cent trente et un suspects.

Car je ne peux pas être soupçonnée, évidemment.

Joseph Zimm n'était pas natif de Margoujols. Il avait débarqué ici en mai 1945, à l'âge de quinze ans, avec le cirque de Balthazar Britiescu venu de la lointaine Transylvanie et perdu sur les chemins tortueux d'une

France brunâtre. Les habitants du bourg avaient accueilli comme il se doit ces nomades avec un subtil mélange de crainte, de défiance et de franche hostilité. Seuls les enfants, excités par le spectacle des roulottes misérables, du chapiteau crasseux et des animaux faméliques, s'étaient approchés pour observer l'étrange équipage. Quand ils avaient vu apparaître les membres du cirque, ils avaient détalé en hurlant comme s'ils avaient aperçu le diable. Car le cirque de Balthazar Britiescu n'était pas un cirque traditionnel.

C'était une foire aux monstres.

La dernière d'une Europe qui avait interdit les exhibitions d'êtres humains. Un effrayant *freak show* débarqué en Gévaudan. Les monstres chez la Bête.

« Et en avant la musique ! Mesdames, messieurs, sous le chapiteau aujourd'hui, du frisson et de l'émerveillement avec nos artistes uniques au monde ! Voici venir vers vous, pour une époustouflante démonstration des bizarreries de la nature, Barbara, l'incroyable femme à barbe ! Séraphin, l'homme-tronc, et Joseph, l'homme-homard, qui hanteront vos nuits ! Appolonie et Louisette, les sœurs siamoises ! Sally, Nelly et Daisy, les triplées microcéphales ! Gaston, l'homme le plus petit du monde, et sa cousine Cécilia, née avec trois jambes ! Le colosse Nicolaï, capable d'assommer un ours à mains nues ! James, l'homme-éléphant, dont le visage restera gravé dans votre mémoire à jamais ! Et Pietro, notre clown contorsionniste aux os en caoutchouc. »

C'était le discours que Balthazar Britiescu avait braillé dans les ruelles du bourg, dans les cours des fermes, sur les routes du canton. La première représentation du cirque s'annonçait comme une soirée d'exception. Malheureusement, elle n'eut jamais lieu. Non pas à cause de la froideur de l'accueil que reçut Balthazar, entre le lourd silence des volets clos et la proximité taquine des fourches paysannes, mais bien du fait du couteau planté dans son dos.

Mon arrière-grand-père, Paul-Émile de Creyssels, maire de Margoujols comme tous les Creyssels avant lui depuis le paléolithique inférieur, réveillé en pleine nuit par des coups insistants à sa porte, avait frôlé la crise cardiaque en découvrant les profils inquiétants d'un homme-éléphant et d'une femme à barbe venus demander de l'aide après le décès brutal de leur employeur.

Qui était responsable du crime ? Nul ne l'a jamais su. Les gendarmes mirent plusieurs jours pour arriver à Margoujols, l'un des bourgs les plus reculés du Gévaudan, et se montrèrent peu motivés par une enquête sur un forain roumain dont personne ne se souciait en 1945 à l'heure joviale de la tonte épurative des Lozériennes germanophiles. Il ressortit des quelques auditions menées pour la forme que Balthazar était un être abject dissimulé sous les traits d'un sympathique bateleur de foire. Un homme violent qui menait sa troupe par la peur. Un pervers qui torturait ses créatures. Le seul vrai monstre de son *freak show*.

Les gendarmes repartirent en demandant à la troupe de se tenir disponible pour de plus amples investigations. Les monstres attendirent, la maréchaussée ne donna plus de nouvelles, le village devint terre d'asile.

Débarrassés de leur abominable maître, les membres du cirque ne savaient pas quelle suite donner à leur existence. Ils avaient été pris en charge depuis leur petite enfance par Balthazar qui soulageait pour trois sous des familles trop heureuses de se débarrasser de leurs rejetons improbables. Ils ne savaient du monde que ce que les déchirures dans la toile du chapiteau leur avaient permis d'apercevoir. Ils ne connaissaient des hommes que leurs rires et leurs coups. Ils prirent la décision de ne rien décider, et ils restèrent là où le destin les avait conduits.

Le meurtre originel de Balthazar sauva le village de Margoujols englué dans l'isolement et la consanguinité, condamné à disparaître comme tant d'autres hameaux des hauteurs du Gévaudan. Femme à barbe ou homme-caoutchouc, sœurs siamoises ou Lilliputien, treize jeunes gens entre dix et vingt-cinq ans apportèrent à Margoujols leur sang neuf, leur désir de vivre, leur volonté d'être heureux.

Et leurs gènes monstrueux.

12 h 14

Deux heures après sa découverte, le cadavre de Joseph Zimm fait exploser le chiffre d'affaires du bar-tabac-épicerie-poste-cabinet-de-psychothérapie-de-groupe de M. et Mme Riffard. Tout ce que le village compte de philosophes, criminologues et experts généralistes y est réuni pour un colloque improvisé, pile à l'heure de l'apéro.

Papa a demandé à la populace déboussolée « d'être à la hauteur du proverbial esprit civique margoujolais en attendant sereinement l'intervention des autorités ». « Sereinement », par ici, ça veut dire en éclusant du blanc sec tout en débitant du cliché en palettes. À ma droite sur le ring, les partisans d'une vision essentialiste menés par Gabriel Troucelier, le président du Comité pour la réhabilitation de la Bête du Gévaudan, aussi rose et gras que les cochons de sa ferme.

— Douze coups de couteau ! Moi, je vous le dis, c'est signé les migrants ! Ils ont le mal en eux, ils l'ont dit sur BFM. Tiens, ça sent le trafic d'organes. Ils ont découpé Joseph en morceaux pour brouiller les pistes, mais je suis sûr que si on reconstitue le puzzle, il manque des pièces. Et sinon, y a plus de caca-huètes ?

À ma gauche, les tenants d'un existentialisme huma-niste représentés par Jean-Claude Musson, instituteur à la retraite, animateur bénévole de la bibliothèque Maître Capello, physique sec du randonneur nourri sans OGM.

— Méfiez-vous des raccourcis racistes et de la pro-pagande télévisuelle. BFM, c'est Big Brother à la solde des publicitaires ! Et mettez-vous un peu à la place des migrants, des boucs émissaires bien pratiques. Je pren-drai un pastis, merci.

Enfin, au centre, les adeptes du complotisme menés par Gaëtan Siffloux, éleveur geek eczémateux et pro-gnathe, rongé par un célibat forcé depuis le sevrage de ses deux ans.

— Moi, je vous dis que c'est un coup des migrants furtifs, les pires. Vous ne les voyez jamais, pourtant ils sont partout. Tout est expliqué dans une vidéo sur YouTube. On y voit très bien qu'on ne les voit pas. Où sont les chips ?

Moi, j'écoute en sirotant mon soda à la paille. Discrète mais incontournable. Quand l'atmosphère devient trop tendue, il y en a toujours un pour me demander mon avis.

— Et Julie, qu'est-ce qu'elle en pense ?

À ce moment-là, tout le monde rigole et Jean-Claude l'humaniste me tapote l'épaule dans un souci d'inté-gration. Grâce à moi, les tensions s'apaisent, les verres se remplissent, les olives se dénoyautent, et le débat de fond peut reprendre dans la sérénité. Je suis une excellente régulatrice d'ambiance.

C'est bon de se sentir utile.

Une voiture de gendarmerie pile devant le café-PMU-boucherie-pompes-funèbres de M. et Mme Riffard. Un crissement de pneus à décapsuler un tympan pour éviter une autruche qui traverse hors des clous. L'ébouriffant tourbillon de rhétorique à l'œuvre dans le café s'interrompt tout net. On sort une tête, on scrute le véhicule des autorités passé à deux doigts du steak tartare exotique, on filme avec les smartphones, on attend la suite de la caravane du Tour et, bientôt, la déception se lit sur les visages.

Pour ce premier meurtre au village depuis la cuvée Balthazar 1945, on espérait un déploiement policier à la hauteur de ce que nous promettent les séries télévisées. Au bas mot, un fourgon rempli d'hommes en combinaisons blanches prêts à ratisser deux hectares de scène de crime afin de nourrir en traces ADN des laborantines botoxées jusqu'au trognon. Quelques kilomètres de ruban jaune et noir « *Do not cross* » pour *fucking* emmailloter la *fucking* grange de *bloody* Joseph. Une panoplie d'hommes en noir munis d'oreillettes tirant des gueules à surgeler un hot-dog. Et, bien entendu, une nuée de journalistes aux dents longues dégainant caméras et micros pour offrir à l'autochtone son quart d'heure de gloire.

À la place, ce sont quatre gendarmes qui descendent de la voiture. Pas de costumes noirs, pas d'oreillettes, pas de mentons affûtés d'acteurs californiens. Ils portent ces uniformes bleus que le monde ne nous envie pas et dont la seule existence semble nous mettre à l'abri de toute perversion criminelle d'envergure.

Qui pourrait imaginer Hannibal Lecter traqué par un gendarme français ?

Avec son pantalon trop court, sa chemisette trop grande, sa longue silhouette anorexique et sa tête d'informaticien myope, l'adjudant qui s'extirpe d'une 206 bleu sale s'est donné beaucoup de mal pour échapper aux canons hollywoodiens du détective beau gosse et torturé. Quant au jeune homme qui le serre de près avec un air inquiet, c'est un blondinet à raie sage paraissant faire son stage de découverte de classe de troisième. Les deux autres sont les techniciens de l'identification criminelle qui vont analyser la scène de crime. Leurs combinaisons jaunâtres et leurs gants Mapa offrent à mes concitoyens un brin d'espoir, vite ruiné par le spectacle de ces ventres à bière courts sur pattes trimballant des mallettes huileuses plus proches de la boîte à outils du plombier au black que de la valise high-tech de l'expert à Miami.

Un malaise s'empare de la population, des gorges se nouent, des yeux deviennent humides, des bouches bredouillent de colère. Voilà ce qu'on nous envoie à la campagne ! On est la dernière roue de la charrette ! Que peut-on offrir de mieux qu'un homme-homard découpé en morceaux et balancé dans les toilettes ? Même nos crimes sordides ne recueillent que le mépris des élites. Encore un sale coup des Parisiens, de l'Union européenne, du système ! En tout cas, ça se paiera dans les urnes, ils vont voir ce qu'ils vont voir, non mais c'est vrai quoi.

Pendant que mes concitoyens vidangent leurs frustrations, papa serre la main des gendarmes avec gravité. J'ai toujours admiré ceux qui parviennent à lester chacun de leurs gestes d'un poids solennel. Serrer une main, froncer un sourcil, esquisser une moue désolée, s'effleurer le bout du nez avec l'index, allonger le bras pour donner une direction, s'élancer du pied droit dans la grange de Joseph en invitant la force publique à vous suivre d'un hochement de tête : papa maîtrise sa chorégraphie à la perfection. Tout son corps obéit à sa volonté comme une troupe part à l'assaut derrière son général. Aveuglément.

Papa est un modèle pour moi. Malheureusement, je ne peux pas l'imiter.

12 h 36

Papa et les gendarmes s'engouffrent dans la grange, laissant la foule frustrée spéculer sur la suite des événements. On leur a volé un débarquement policier digne de ce nom, mais rien n'empêche l'espoir de continuer à palpiter dans les regards plus ou moins éveillés du troupeau villageois. Peut-être l'adjudant fera-t-il des révélations à la sortie de la grange ? Peut-être une camionnette de TF1 grimpe-t-elle en ce moment la route en lacet menant à Margoujols ? Bientôt le buzz sur Internet #BoucherDuGévaudan ?

À l'écart de la populace, à moitié dissimulée derrière l'ancien lavoir, j'aperçois Lucette Chabal, la fille de la femme à barbe et de l'homme-éléphant du cirque Britiescu. Elle doit avoir la soixantaine, mais elle ne ménage pas ses efforts pour paraître beaucoup plus. Elle fait des moulinets avec sa canne au pommeau en forme d'amanite phalloïde. Serait-elle en train de jeter des sorts ? Je m'approche pour en avoir le cœur net et, cadeau bonus, pour profiter de la plastique insolite de Lucette. Nous sommes les deux personnes les plus laides du village, ça crée des liens.

Gaulée comme un cep de vigne victime du mildiou, Lucette a hérité du vaillant système pileux de sa mère. Un coup de chance, car il n'est pas offert à toutes les femmes de pouvoir dissimuler un disgracieux bec-de-lièvre derrière une épaisse moustache. Miss Margoujols 1971 après le forfait des autres concurrentes mystérieusement menacées de mort par un corbeau, Lucette a été dotée par la nature d'un esprit aussi tortueux que sa colonne vertébrale en scoliose. Maintenant que Joseph a abandonné sa couronne, elle est devenue la personne la plus détestée du village. Une belle promotion.

— Tiens, la légumineuse ? Rien d'autre à faire que tenir le crachoir aux vieilles ?

Jovialité, bienveillance, humanité, c'est notre Lucette.

— Regarde-moi cette bande de vautours attirés par l'odeur de la charogne. Ils ne valent pas mieux que Joseph ! D'ailleurs, ils feraient bien de se méfier…

Petite pause dramatique de l'habile conteuse qui tord sa tête dans ma direction tout en plissant ses yeux, opération à haut risque qui entraîne la dégringolade des rides et le frétillement de la moustache. Plaisir esthétique décuplé, je me régale.

— Tu veux savoir ce que je pense ? reprend la mystérieuse en jetant des coups d'œil à droite et à gauche.

Connaissant ma retenue naturelle, Lucette poursuit sans attendre de réaction.

— Il s'est passé cette nuit une chose étrange. Joseph n'a pas seulement été tué, il a été découpé en morceaux. Et ça change tout.

Ça change quoi ? Du point de vue de la santé physique de Joseph, pas grand-chose. Que sous-entend

Lucette ? Inutile de poser la question, elle meurt d'envie de donner la réponse.

— Des meurtres, on en voit tous les jours sur CNews, alors pourquoi pas chez nous ? On n'est pas plus bêtes que des Marseillais à kalachnikov. En revanche, une finition au découpage, c'est plus rare. Et surtout, c'est déjà arrivé ici.

Là, on peut dire que Lucette titille ma curiosité. À quoi fait-elle référence ?

— Quelque chose est revenu du passé... Il y a une présence... Une présence mauvaise... Crois-moi, ce n'est pas fini. Je le sens. Tu me prends pour une vieille folle qui délire ? Tu verras. Tu te souviendras de ce que je t'ai dit.

Une vieille folle, c'est certain. Mais des tas de vieilles folles se transforment en pythies annonçant l'avenir dans des tas d'histoires policières, alors...

— Tiens, regarde, *ils* arrivent.

Un murmure monte de la foule. Je me retourne. Lucette en profite pour s'éclipser, me laissant en plein suspense comme un lecteur de polar volontairement frustré par l'auteur. *Ils* sont là. *Ils* s'avancent au milieu de la masse villageoise qui bruisse de chuchotements. Malgré soixante-dix ans de cohabitation, leur présence met toujours mal à l'aise. On ne s'habitue pas à l'étrange, *ils* le savent comme moi.

Les monstres.

Joseph Zimm disparu, il ne reste que cinq membres de la troupe de Balthazar. Des vieillards plus ou moins nonagénaires, derniers vestiges d'un passé évanoui. Les regards en coin et les messes basses leur rappellent qu'ils resteront toujours des curiosités. Des êtres à part. Un sentiment que je connais bien.

D'abord s'avancent les inséparables Gaston et Nicolaï, le nain et le colosse. Les cent huit centimètres de Gaston, rendu infirme par l'âge, sont lovés dans les bras gigantesques de Nicolaï. Malgré son âge avancé, celui-ci porte encore beau ses deux mètres et ses cent soixante kilos, même si son cerveau a décidé d'illustrer point par point les conclusions des recherches du docteur Alzheimer.

Nicolaï est le membre du cirque Britiescu le plus apprécié de la population. Sa force phénoménale était très sollicitée pour les travaux de la ferme, et sa simplicité d'esprit faisait fondre les cœurs des paysans qui se payaient l'équivalent de cinq hommes au tarif d'un saisonnier immigré clandestin. Un esclave consentant, ça s'intègre facilement.

Inapte à tout travail physique, le nain Gaston n'a pas pu être exploité comme son compagnon géant. Néanmoins, il a su remplir une fonction essentielle dans un village : celle du bouffon. Gaston est minuscule, Gaston est alcoolique, Gaston rigole quand on se moque de lui. À ses côtés, le plus sombre crétin arrive à se persuader qu'il est un être supérieur. Gaston est très aimé : un souffre-douleur, c'est précieux.

Derrière Gaston et Nicolaï apparaît la longue silhouette de Pietro, l'homme-caoutchouc, le préféré des enfants. La maladie d'Ehlers-Danlos dont il est atteint se traduit par une stupéfiante élasticité de la peau et des articulations. Chacun se souvient de ses fascinants numéros qui animaient les récréations de l'école où il travaillait comme homme à tout faire. Il calait ses pieds derrière sa tête, étirait la peau de son visage sur plusieurs centimètres, déboîtait ses épaules pour faire hurler les enfants ou encore s'enfermait dans une valise avant d'en surgir comme un diable de sa boîte.

L'hyperlaxité ligamentaire qui permet à Pietro de se tordre dans toutes les positions lui a longtemps valu une réputation avantageuse chez les femelles du canton. La rumeur affirme qu'il aurait offert à nombre d'entre elles des prestations physiques hors du commun. Il se dit aussi que Margoujols compte un nombre étonnant de personnes d'une grande souplesse...

Les trois monstres s'avancent vers la grange de Joseph, leur vieux camarade. Malheureusement, il manque à la parade le clou du spectacle : les sœurs siamoises, Appolonie et Louisette Popesco, et leur fameuse démarche de crabe. Reliées par le bas de la colonne vertébrale comme Daisy et Violet Hilton, les actrices du *Freaks* de Tod Browning, elles restent cloîtrées chez elles.

Sauvages et ombrageuses, les sœurs Popesco n'ont jamais participé à la vie du village. Grâce à la rapidité d'exécution qu'offre leur travail à quatre mains, elles ont pu vivre de leur talent de couturières. Seule Lucette Chabal entretient avec elles une relation cordiale. Sa mère, la femme à barbe, avait pris sous son aile les siamoises après la mort de Balthazar. Lucette est une des rares personnes admises dans leur antre. Elle leur fait les courses, elle les tient au courant des potins, elle les assiste au quotidien. Quand on voit que même une Lucette peut avoir de bons côtés, on se laisserait presque aller à croire en l'humanité.

Pour avoir côtoyé les sœurs Popesco à l'époque où mes parents voulaient me valoriser en me confiant des missions cruciales du type apporter des travaux de couture aux siamoises, je dirais qu'il est difficile d'imaginer personnalités plus opposées que les deux sœurs. Appolonie est une langue de vipère farouche, à l'œil toujours brûlant de colère, là où sa sœur Louisette n'est que retenue et douceur. Quand l'une se moquait de moi sans vergogne, l'autre m'entourait de son inépuisable gentillesse. La sorcière et la sainte, comme si une âme s'était scindée pour habiter deux corps.

Je me demande ce que devient une siamoise quand sa sœur meurt. Comme les sœurs Popesco ne partagent pas d'organes vitaux, quand l'une aura trépassé, l'autre sera toujours en vie. Peut-on vivre longtemps relié à un cadavre ? Oui, je sais, j'ai toujours la tête pleine d'idées bizarres, c'est ma façon de passer le temps. Car le temps est long, très long, quand on est moi.

Les membres du cirque Britiescu vont bientôt disparaître, mais la tradition des monstres de Margoujols ne s'éteindra pas avec eux.

Grâce à moi.

Pause

Je m'appelle Julie de Creyssels et je suis née au village, dans la maison bourgeoise de mes parents, il y a vingt-trois ans. La fermeture de la maternité à cinquante kilomètres de Margoujols, pour cause d'activité insuffisante mettant en péril la sécurité des femmes et des enfants – et non pour de sinistres raisons budgétaires comme les mauvaises langues osent encore le prétendre –, place depuis le début des années 1990 la première salle de travail à plus de deux cents kilomètres de notre foyer.

Afin de préserver la couche d'ozone, mes parents ont préféré s'éviter un tel déplacement, d'autant qu'ils roulaient au diesel et que ce n'est pas bien. J'ai donc eu droit au canapé du salon, aux mains de ma grand-mère (qui accouchait les vaches du canton) et à des complications. Un cordon ombilical taquin autour du cou en guise de pendentif de baptême, des manipulations hasardeuses de mamie, qui ne voyait plus d'ophtalmo depuis qu'elle ne voyait plus rien, et une arrivée par le siège digne des meilleurs films gore d'Hollywood m'ont offert une position stable dans la vie : assise dans un fauteuil roulant.

Tétraplégique. La totale, le gros lot, carton plein. Émaciée, le regard fixe et la lippe boudeuse, un peu comme les mannequins qui trimballent leur anorexie sur les podiums, mais en moins sexy. La tête penchée sur le côté pour mieux me baver sur l'épaule. Car je bave. Beaucoup. Un des rares domaines dans lequel je sois très productive. Je suis un monstre. Je vous avais avertis.

À cet instant, vous êtes en train de me plaindre. Réaction normale qui montre que l'éducation judéo-chrétienne a bien fonctionné sur votre personne. Vous n'êtes pas sociopathe, vous pouvez continuer à émettre vos ondes compassionnelles jusqu'à atteindre un niveau satisfaisant de bonne conscience. Ensuite, vous pourrez opter pour une indifférence gênée et des regards lointains, parce que mine de rien, je bave et c'est dégueu.

Vous allez me dire que je suis cynique et vous aurez raison. Sans vouloir me vanter, je suis le cynisme incarné. Si, dans ma situation, je ne l'étais pas, ça voudrait dire qu'en plus d'être handicapée je serais complètement demeurée, non ?

Si ça peut vous rassurer, sachez que je ne suis pas à plaindre car ma paralysie n'est pas totale : je peux bouger le majeur de la main gauche. Oui, je suis une sacrée veinarde. Un doigt a été épargné par le destin. Dressé en permanence, comme un doigt d'honneur à la vie, il peut bouger légèrement de haut en bas. Grâce à lui, et à un équipement informatique ultra-performant, je peux communiquer avec autrui. Je suis même devenue très efficace dans l'écriture grâce à un entraînement soutenu auquel je consacre de nombreuses heures par jour. Il faut dire que je n'ai pas grand-chose d'autre à faire : je ne suis pas très shopping.

Pour être tout à fait juste, je dois préciser que je suis aussi capable de communiquer à l'oral, même si mon vocabulaire reste limité. Quand je souffle à fond entre les deux reliquats de bifteck qui me servent de lèvres, ça donne à peu près ça : « ffffffffffffchiéééééééééé ». Mon expression fétiche. Si j'avais été à la place de mes parents, ce serait devenu mon surnom. Mais, bien sûr, ça ne se fait pas. Et mes parents ne font jamais ce qui ne se fait pas. Pourtant, il n'y a rien qui résume mieux ma personne, mon état, mon existence : ffffffffffffchiéééééééééé.

Cela étant dit, je suis quelqu'un d'attachant. C'est ce que tout le monde affirme. Il faut avouer que le choix de qualificatifs est réduit quand on souhaite me décrire. Soit on tente la sincérité (« hideuse », « repoussante », « dégoûtante ») et on est vite désobligeant ; soit on opte pour le mensonge (« charmante », « élégante », « fascinante ») et ça finit par se voir qu'on se paie ma tête. Il reste donc « courageuse », « intelligente » et « attachante ». De parfaits mots clés pour compléter mon brillant CV : Julie de Creyssels, 23 ans, célibataire sans enfant (à vie), motorisée (à mort). Centres d'intérêt : gymnastique rythmique, patinage artistique et saut à l'élastique (le tout à la télé).

Je vous mets mal à l'aise en disant des choses pareilles ? C'est normal, en tant que CSP+ qui persiste à lire des livres alors qu'elle a trois cent cinquante chaînes à disposition dans sa box, vous êtes une personne bien éduquée, humaniste, sensible à la misère humaine, qui donne sans doute tous les ans pour le Téléthon. Et moi, je suis un monstre. Mais ce n'est pas grave, c'est juste pour cette vie. Dans la prochaine, je me réincarnerai dans une enveloppe plus attractive de type femme de joueur de foot, jet-setteuse monégasque ou participante à *The Voice*. Non, je déconne avec mes histoires de réincarnation. Ma situation est assez merdique comme ça, il ne manquerait plus que je devienne bouddhiste.

Allez, assez parlé de moi. Toutes les bonnes choses ont une fin.

C'est leur seul point commun avec les mauvaises.

12 h 53

Alors que les ersatz d'enquêteurs mènent leurs investigations dans la grange de Joseph, la foule vexée piétine en ruminant sa frustration. De mon côté, soucieuse de lutter contre les tendances nombrilistes de notre époque, je me mets à l'écoute de mes concitoyens et passe de groupe en groupe attraper au vol les bulles d'intelligence qu'ils diffusent avec générosité.

Les gens sont si bavards… Ils ont toujours des opinions, des théories, des certitudes et, surtout, ils tiennent à le faire savoir. Comme le bon Dieu, dans son infinie bonté, n'a pas souhaité m'offrir la fonction langagière, je suis avant tout un être d'écoute. Mon oreille est infatigable, mon ouïe d'une grande finesse. Pour une fois qu'un truc fonctionne chez moi, j'en profite.

Comme mon visage reste figé, je suis rassurante pour celui qui parle. Les gens pensent que mon cerveau aussi est paralysé. Devant moi, on se laisse aller aux confidences, on livre ses secrets, comme si j'étais invisible. Je suis dans mon fauteuil face à la vie comme une spectatrice devant une pièce de théâtre. (Oui, la métaphore est usée, mais on ne critique pas une handicapée.)

Je m'approche d'Yvette Bernicola, crinière noire et bec d'aigle, figure de l'élite intellectuelle margoujolaise, spécialiste de la paupiette d'autruchon et de la larme de crocodile. Elle papote avec son partenaire de Scrabble Jean-Claude Musson, notre ancien instituteur à l'humanisme en bandoulière.

— Moi, ça ne me surprend pas, livre Yvette. On aurait dit que Joseph faisait exprès de chercher les ennuis.

— Son handicap pouvait expliquer sa misanthropie, rappelle Jean-Claude. Mettons-nous à sa place.

— Je ne dis pas qu'il a bien cherché ce qui lui est arrivé…

— Le meurtrier doit avoir ses raisons. Il faudra se mettre à sa place.

— Mais quand même, il l'a bien cherché, non ?

— De là à le découper en morceaux, il y a une limite.

— C'est vrai. Tuer, d'accord, mais dans le respect de la dignité humaine.

Si un meurtre est bien sûr une tragédie, c'est d'abord un formidable sujet de conversation. Dresser un tableau 100 % négatif des assassins, c'est faire preuve d'un esprit étroit. Le tueur crée du lien social. Il alimente les débats, nourrit les échanges, fait vivre la cité. Il faudrait chiffrer ça en détail, mais je mettrais mon majeur à couper que le ratio avantages / inconvénients plaide en faveur du crime. Écoutons pour s'en convaincre Gabriel Troucelier, président du Comité pour la réhabilitation de la Bête du Gévaudan, qui tient en haleine les frères Castan, propriétaires des deux plus grosses fermes de la région et des deux plus petits Q.I. du pays. La rumeur les compte parmi les enfants naturels de

Pietro, l'homme-élastique. Que leurs cerveaux soient en caoutchouc ne serait pas une surprise.

— J'ai vu Joseph hier soir, raconte Gabriel. Il avait beaucoup bu.

— Comme d'habitude, rappellent les Castan.

— Il m'a dit qu'il avait découvert un truc incroyable.

— Ah oui ?

— Il m'a dit que je ne le croirais jamais.

— Ah non ?

— Il m'a dit que tout le village serait scié quand il révélerait son secret.

— Et c'était quoi ?

— Ah ça, il me l'a pas dit.

Un « truc incroyable » ? Voilà qui est intéressant, Gabriel, mais il faudrait travailler la chute de tes histoires. Qu'est-ce que Joseph a bien pu découvrir ? Son « secret » a-t-il un lien avec sa mort ? Pas de crime sans mobile. Mon imagination s'emballe en même temps que mon fauteuil. Tout doux, Jolly Jumper ! Oui, j'ai donné un nom à mon destrier motorisé. C'est mon côté foufou.

Peut-être vais-je en apprendre davantage auprès de Pierrot Charbonnier, notre sportif de haut niveau, détenteur du record régional du plus gros mangeur de saucisses (soixante-huit en trois minutes quinze). Il palabre avec Michel Riffard, triste sire à cheveux gras, champion du monde catégorie bassesse & veulerie à l'unanimité du jury, époux de Magali Riffard, la propriétaire du café polyfonctionnel de la place de la mairie.

— Quand je pense que j'ai failli me battre avec Joseph pas plus tard qu'hier, juste là, devant sa grange, explique Pierrot.

— Quelle ordure… crache Michel.

— Il disait que nous étions tous des menteurs au village…

— Quel fumier…

— Et qu'il avait découvert le pire de tous.

— Une belle enflure.

— Il beuglait qu'on l'avait cambriolé et qu'il allait se venger.

— Il s'est arrangé pour mourir avant de régler son ardoise au café, cet enfoiré.

Poignante oraison funèbre qui confirme l'existence d'un secret dont Joseph le bien-aimé était le gardien. Le défunt avait découvert quelque chose et il prétendait avoir été cambriolé… Cela a-t-il un lien avec le meurtre ? Quel type de secret peut justifier un tel déchaînement de violence ? Margoujols n'est pas peuplé que d'enfants de chœur, mais de là à imaginer nos braves paysans, même consanguins, en psychopathes, il y a un pas…

Mon fauteuil se faufile, je poursuis ma récolte. Évidemment, je ne recueille pas que des perles dans mes déambulations. Je prends la température, je butine. Beaucoup de déchets, parfois des pépites. Si la plupart des citoyens s'épanchent sans pudeur sur Joseph, certains font preuve de décence en discutant infections urinaires ou cors aux pieds. C'est le cas de Nicole Troucelier, épouse de Gabriel, brindille décolorée qui martyrise depuis vingt ans la chorale municipale, et de sa meilleure ennemie Martine Bonnafous, hypocondriaque à la carrure de déménageur, spécialisée dans le vol de pots de fleurs au cimetière. Inséparables, comme leurs pères respectifs le nain Gaston et le colosse Nicolaï, elles adorent se détester.

— C'est que je déguste avec mes varices, tu sais, geint Nicole.

— Et moi, gémit Martine, avec mon lupus c'est pire, ma pauvre.

— Ça me lance, ça me brûle, c'est l'enfer.

— Moi pareil, mais plus que toi.

Peu intéressée par le thème très actuel de la compétition victimaire, je m'éloigne sur mon fauteuil de compétition. Je dois avouer un de mes défauts : je manque de compassion pour les gens qui se plaignent de leurs petits bobos. Je ne sais pas d'où ça vient. Peut-être un problème hormonal ?

J'oriente mes roues vers Clovis Bernicola, époux d'Yvette, barbu intermittent, ventripotent chronique, président de l'Association des éleveurs d'autruches du Gévaudan. Il est en grande conversation avec Gaëtan Siffloux, complotiste militant, adepte de la méfiance systématique, toujours prêt à défourailler contre l'insaisissable *on* conspirant dans l'ombre, car *on* ne la lui fait pas.

— J'ai vu quelqu'un sortir de chez Joseph, hier soir, révèle Clovis.

— Tu as vu quelqu'un ou *on* a voulu que tu croies avoir vu quelqu'un ? s'interroge Gaëtan.

— C'était une femme.

— Qu'est-ce qui te prouve que c'était une femme ?

— Elle portait une robe.

— Oui, mais qu'est-ce qu'*on* avait mis sous cette robe ?

— Je ne sais pas. Il faisait trop sombre.

Ça devient intéressant tout ça. Une femme chez Joseph ? Ce serait une première. L'éparpillé entretenait une relation conflictuelle avec les entités féminines dépourvues de cornes. Si ses mains de homard ne l'ont pas aidé à endosser le costume du séducteur, on peut penser que son regard vicieux, ses mouvements de langue pervers et ses grognements porcins n'ont pas favorisé non plus les rapprochements physiques.

Un secret mystérieux, un cambriolage inexpliqué, une femme énigmatique, c'est un bon départ pour un détective amateur. J'en sais déjà beaucoup plus que le pauvre adjudant parti à la pêche aux morceaux de Joseph.

À propos d'adjudant, il sort de la grange en compagnie de mon père. Comme ils font partie des élus qui savent des choses, et nous pas, la foule se retourne vers eux, le silence se fait, les oreilles en quête d'une information croustillante qu'on pourra remâcher pendant des heures avec des mines exultant d'horreur. Va-t-on avoir droit à des révélations ? J'en frétille déjà. Intérieurement, il va sans dire.

Les deux hommes sont en pleine discussion, visages graves de circonstance. Et si l'adjudant confirmait qu'il était sur les traces d'une femme ? J'avoue que ça me ferait plaisir. Pas sur un plan féministe – même si je suis pour le droit des femmes à découper son prochain à l'égal des hommes –, mais du point de vue de l'amatrice d'histoires policières. Tout le monde est d'accord avec ce constat : on manque de tueuses dans le polar. On n'en peut plus de ces homicides à testostérone toujours commis par le même profil de malade mental perturbé par sa mère (car n'oublions pas que si les femmes ne tuent pas, les hommes assassinent à cause d'elles).

Une meurtrière, une dépeceuse, une tortionnaire, une *serial killeuse*, ça nous changerait un peu, non ?

Je vois la vie en monstre,
le blog de Winona Jane

Épisode 2

Ma mère a quitté son village de Bulgarie à dix-sept ans pour travailler dans le tourisme en France. Ses parents connaissaient un lointain cousin qui avait fait fortune à Paris, ils lui ont confié leur fille. Du tourisme, elle en a fait beaucoup. Des boulevards parisiens aux départementales du sud de la France, elle a avalé autant de kilomètres que d'organes génitaux de taille variable et de propreté aléatoire.

Le cousin avait travaillé dur depuis son arrivée en France alors qu'il était encore adolescent. En véritable Steve Jobs de la prostitution, il avait commencé dans une cave avec ses propres orifices avant de louer ceux des autres et de conquérir peu à peu un marché international. Vingt ans plus tard, à la tête du plus gros réseau européen de prostituées de l'Est, on le surnommait Big Mac. Comme il avait à cœur de faire profiter sa famille de sa réussite, il a offert un plan de carrière à ma mère. Il lui a mis le pied à l'étrier *et les muqueuses au vent, car le succès et la fortune donnent des obligations morales. Tous les dirigeants du CAC 40 le savent bien.*

J'ai grandi dans un bidonville de la banlieue lyonnaise où ma mère a accouché. Mes éleveurs m'ont raconté qu'elle avait débarqué un soir, à terme et alcoolisée. Elle s'est allongée dans sa caravane, elle s'est offert le fix du siècle et elle m'a expulsée avant de trépasser d'une overdose. À moins qu'elle soit morte d'abord et que je ne me sois extirpée d'elle toute seule, à la force du poignet, comme je l'ai toujours fait par la suite. Née d'un corps mort.

Ma naissance n'a pas été déclarée en mairie. Personne ne venait voir ce qui se passait dans le bidonville. J'ai été élevée avec la marmaille collective, je n'ai jamais été à l'école, jamais eu de papiers d'identité. Je suis un fantôme. Je n'existe pas.

Je m'appelle Winona Jane. C'est moi qui ai choisi mon nom.

Tant qu'à inventer son patronyme, autant la jouer classe américaine. Dans le petit milieu des serial killers, c'est plus porteur.

Internet au graphisme enjôleur. Son raisonnement est simple : quand des touristes ont traversé l'Europe pour arriver jusqu'à Margoujols, ils y restent, quelle que soit la literie. Même s'ils s'aperçoivent assez vite que plusieurs générations de brebis ont imprégné les pierres d'une fragrance des plus sauvages.

Les parents Beekmans, parmi nous depuis cinq jours, ont l'air fatigués. Ils consacrent leurs journées à d'interminables randonnées dans le but d'épuiser (de perdre ?) leurs rejetons. Car derrière des visages d'anges auréolés de boucles blondes, les sœurs se distinguent par une hyperactivité hors du commun et un goût prononcé pour tout ce qui relève du malfaisant.

Dès le premier jour, elles ont manifesté leur déception vis-à-vis de leur lieu de vacances en caillassant le tracteur de Clovis Bernicola, les autruches de Clovis Bernicola, et Clovis Bernicola. Le lendemain, elles ont procédé à un relooking capillaire du vieil âne de Gabriel Troucelier dans le plus pur style cagole niçoise décolorée. Enfin, le troisième jour, elles m'ont tourné autour, l'œil brillant devant les potentialités ludiques de mon fauteuil. La dextérité de mon majeur a su les mettre au pas. Après deux marches arrière et quelques rotations surprises, les petites étaient à terre à masser leurs meurtrissures. Le secret avec les gamins, c'est de savoir leur parler. À chacun son langage.

Les parents Beekmans s'approchent de moi en arborant leur plus beau sourire. Leur ouverture d'esprit toute nordique et leur bien-pensance bobo les obligent à venir me saluer afin de m'intégrer dans l'humanité. Résultat : cinq jours qu'ils me fatiguent. Surtout avec leurs deux fanatiques en herbe qui ne trouveront le repos que lorsqu'elles auront crevé mes pneus avec leurs dents. Tiens, et si c'étaient elles qui avaient dépecé Joseph, histoire de décompresser entre deux randonnées ? En considérant la dimension espiègle du rendu façon puzzle, moi je dis : pourquoi pas ?

Les Beekmans s'avancent, je fais le geste qui sauve. *Bip, bip*, mon fauteuil se détourne et s'éloigne. Vitesse maximum.

Bonheur d'imaginer leurs têtes. Ivresse de l'échappée belle.

L'adjudant Pascalini est mal à l'aise. Il renifle, il remonte ses lunettes, il montre ses dents pour faire croire qu'il sourit. Surtout, il évite de regarder dans ma direction. Je compatis. On lui a attribué la place de choix, juste en face de moi. Un tête-à-tête avec un monstre baveur nourri à la petite cuillère. Bon appétit.

Dans sa grande bonté, papa a offert l'hospitalité au gendarme pour le souper familial. Dix-neuf heures précises, été comme hiver. L'édile de la cité, en charge de plus ou moins quatre cent trente-deux âmes (Lucette Chabal a-t-elle une âme ?), se doit de cultiver une proximité de bon aloi avec les forces de l'ordre.

Pauvre adjudant. La fourchette hésitante devant une ratatouille, lui qui vient de passer l'après-midi avec un Joseph en bouillabaisse, il est obligé d'écouter papa, lancé dans un exposé sur la situation de Margoujols, l'un des villages les plus isolés de France. Il nous faut des heures pour atteindre la civilisation par une route en lacet, verglacée l'hiver, moutonneuse l'été. C'est toute une expédition pour faire les soldes avec les copines (heureusement, je n'ai pas de copines).

En revanche, nous sommes des plus gâtés en ce qui concerne la couverture numérique. Grâce à qui ? À Miss Paraplégie. Comme papa cultive depuis ma naissance facétieuse une intense culpabilité, pudiquement dissimulée derrière le costume du notable de province, il s'est toujours démené pour me permettre de communiquer avec le monde extérieur.

Dès la fin des années 1990, il a obtenu l'installation d'une antenne-relais de téléphonie mobile sur la falaise juste au-dessus du village. Concernant Internet, nous avons la fibre optique depuis des lustres et un débit à rendre jaloux n'importe quel startuper californien. Quant à mon fauteuil, il possède des fonctions exceptionnelles qui font basculer la Lozère dans la science-fiction. Mais papa ne s'est pas arrêté là. Il n'a eu de cesse d'intégrer tous les habitants dans son trip modernité. Bien que la moyenne d'âge fasse de Margoujols une sorte d'hospice à ciel ouvert, chacun de nous a été pourvu d'ordinateurs et de tablettes financés par la mairie. Tout le monde est passé par des stages de formation, et la majorité est devenue experte en nouvelles technologies. Ici, même les plus âgés surfent sur Internet pour prouver que la croyance dans le progrès de l'être humain n'est pas morte. Bref, Margoujols est branché. Que l'adjudant Pascalini se le dise.

Mon père continue son exposé plein de mots. Confronté au double risque d'indigestion lexicale et ratatouillesque, Pascalini sent que son pronostic vital est engagé. Il tente une diversion.

— Dites-moi... Savez-vous si le défunt, M. Zimm, avait reçu des menaces ? S'il avait des ennemis ?

— Joseph avait une personnalité aux inconfortables rugosités. Il cultivait un nombre conséquent d'inimitiés parmi mes administrés.

— Vous voulez dire qu'il était fâché avec beaucoup de monde ?

— Avec *tout le monde* serait une formule plus adaptée. Joseph était un parfait sauvage. Personne à Margoujols ne se définirait comme son intime.

— Vous aussi, vous étiez fâché avec lui ?

— En tant que premier magistrat, je suis au-dessus de ces contingences. Cela étant dit, il existe un fossé entre « être fâché » et « découper un voisin en morceaux ». Si les habitants de Margoujols présentent parfois la rudesse des gens de la terre, je ne leur connais pas de tendances homicides. J'ai pris le pouls de la population, je ne vous cache pas qu'elle est traumatisée. Dans quelle direction pensez-vous orienter l'enquête ?

— Il est trop tôt pour le dire. L'équipe technique termine ses analyses au domicile de M. Zimm.

Mon père examine avec intensité la texture d'un morceau de poivron agonisant dans son assiette. Il a une idée derrière la tête.

— Dites-moi, adjudant, pendant vos investigations, auriez-vous trouvé…

Je rêve ou papa vient de marquer une hésitation ? La première depuis vingt-trois ans que je le côtoie. Mon père n'est que certitudes. Certitude d'avoir raison, certitude d'être supérieur, certitude d'incarner la certitude. Une hésitation… Que se passe-t-il ?

— Auriez-vous trouvé un carnet ? reprend papa.

— Quel genre de carnet, monsieur le maire ?

— Eh bien…

49

Une deuxième hésitation ? Alors là, c'est grave. J'en lâche une giclette de bouillie.

— Un carnet noir… Voyez-vous, si Joseph générait tant d'hostilité, c'est qu'il s'adonnait à l'activité peu glorieuse du commérage. Il rôdait dans Margoujols pour espionner ses voisins, soulever le coin du rideau de l'intimité des couples, mettre son nez dans le linge sale des familles, puis consigner le résultat de ses investigations dans son carnet. Il prétendait détenir des secrets sur tout le monde. Même s'il se montrait odieux, personne n'osait lui tenir tête par peur de révélations.

— Jusqu'à la nuit de sa mort, précise l'adjudant.

— Certes.

— Nous n'avons pas trouvé ce carnet pour l'instant, mais s'il contient de quoi faire chanter le village, nous avons là un mobile possible. Qu'est-ce qu'on y lirait vous concernant ?

Mon père se raidit, piqué au vif. Le repas prend un tour réjouissant.

— Personne n'a jamais lu ce carnet, je pense qu'on y trouvera surtout les fantasmes de Joseph. Nous n'avons pas de secret chez les Creyssels.

— Pas de cadavres dans le placard.

— Exactement.

— Bien. Je vais vous demander de m'excuser, j'ai beaucoup de travail qui m'attend. Merci pour votre accueil.

Le gendarme vient de trouver la parade pour se débarrasser de la famille boulet, même si ça lui coûte le dessert. Sauf qu'il ne connaît pas mon père…

— Nous allons vous aider, adjudant. J'ai demandé à la population de se mettre à votre disposition pour faciliter votre enquête. Par ailleurs, ma fille Julie va vous seconder. Elle connaît chacun des Margoujolais et pourra vous guider partout.

Je dresse mon majeur pour montrer mon enthousiasme. Pascalini fait une mine impayable en comprenant qu'il va se coltiner la gisante à roulettes. Tout bon enquêteur a besoin d'un comparse en contraste pour le mettre en valeur. L'adjudant a touché le jackpot : il ne trouvera pas plus contrasté que moi. Lui qui se croyait sauvé, il n'en est qu'aux préliminaires. Le calvaire de Margoujols, station 1.

L'adjudant ira-t-il au bout de son chemin de croix ? Suspense.

Une fois dans la rue, le gendarme fait un gros effort pour imiter la tête du type qui trouve naturel d'être suivi par un mollusque à moteur. Pour compenser le malaise, il donne ses ordres. Bonne fille, je me mets au garde-à-vous mental.

— Commençons par récupérer le deuxième classe Babiloune, mon stagiaire. Il est allé manger au café avec pour mission de tâter le terrain. C'est le meilleur endroit pour saisir les ambiances. Vous pouvez m'y conduire, s'il vous plaît ?

— Avec grand plaisir, mon adjudant, fais-je de ma voix langoureuse d'hôtesse de l'air.

Pascalini me lance un regard de sidération. Un légume qui parle ? Ça leur fait un choc chaque fois. J'attends toujours un peu avant d'offrir ma surprise vocale. Histoire de savourer les mimiques interloquées.

C'est tout récent et c'est extraordinaire : depuis un mois, un nouvel équipement informatique a transformé ma vie. Mon père m'a offert le même ordinateur que celui de l'astrophysicien Stephen Hawking, cloué dans un fauteuil à cause de la maladie de Charcot. Le gars explorait les trous noirs et perçait les mystères de l'univers alors qu'il n'arrivait même pas à se curer le nez. Un modèle pour moi.

Cet ordinateur permet de traduire vocalement les mots que j'écris de mon majeur. Je peux enregistrer des phrases prêtes à l'emploi et utiliser un panel de voix pour accentuer mes effets. Avec les hommes, j'opte pour des timbres chauds, des sonorités érotiques : ça me va bien au teint.

— Vous me suivez, mon adjudant ?

— Bien... bien sûr, balbutie Pascalini.

Toujours réjouissant de voir les gens faire comme si tout était normal alors que leur visage exprime le contraire. Personne n'ose jamais me dire : « Vous parlez ? C'est incroyable ! » ou « Vous comprenez ce qu'on dit ? » ou encore « Alors vous n'êtes pas vraiment un légume ? » Ça ne se fait pas de parler à une handicapée de son handicap, au cas où elle ne serait pas au courant de son état.

Je l'avoue, j'aime mettre les gens mal à l'aise. Ce n'est pas méchant, juste l'occasion de m'amuser un peu. La nature a été joueuse elle aussi en plaçant un cerveau normal dans un corps inerte. Dans les moments de déprime, je souhaiterais avoir une cervelle en bouillie pour trouver le repos. Le reste du temps, j'essaie d'utiliser la seule chose qui fonctionne chez moi pour faire mumuse avec mon prochain. Mon côté céphalopode farceur.

— Le café Riffard n'est pas loin. On va y aller à pied. Enfin, surtout vous.

L'adjudant répond « D'accord » avec un sourire stressé. Il n'a pas réagi à ma blague, mais j'ai l'habitude.

Je sais que la qualité de mon trait d'esprit n'est pas en cause. On peut rire de tout, mais pas avec une handicapée, c'est une question de respect.

L'adjudant marche en silence. Il cherche un sujet de conversation. Il se demande de quoi il pourrait parler pour donner l'impression qu'il s'adresse à quelqu'un de normal et, bien sûr, il ne trouve pas. Les seules choses qu'il a envie de me dire sont : « C'est effrayant d'imaginer votre vie » ou : « À votre place, je voudrais mourir. » Alors, il se tait.

De mon côté, je continue à m'amuser. On m'a gratifiée d'un fauteuil fantastique au dernier Noël. Non seulement il est équipé d'un ordinateur puissant, mais il peut se déplacer à une vitesse impressionnante. J'en profite pour faire cavaler les gens, et je trouve ça drôle. Je procède par étapes, j'augmente progressivement la vitesse, pour obliger le marcheur à hausser le rythme sans qu'il en ait conscience, jusqu'au moment où il commence à s'essouffler.

— C'est… c'est… encore… loin ? s'étouffe Pascalini qui ne doit manifestement pas son grade à ses prouesses physiques.

— Une petite heure.

— Ah…

L'adjudant ne sait plus quoi penser. Il est au courant que mon cerveau fonctionne et que je comprends ce qui se passe autour de moi. Il accède à un nouveau stade de questionnement, tente d'analyser la situation selon une grille de lecture toute neuve. De mon côté, je passe la vitesse supérieure. L'adjudant trottine en soufflant. Il transpire. Il fronce les sourcils. Sa colère monte.

— Un kilomètre à pied, ça use, ça use !

Ça y est. L'adjudant est maintenant certain que je me paie sa tête. Oui, je le vois dans ses yeux, il est furieux. Il m'en veut, il m'insulte intérieurement. Il a envie de m'en claquer une. C'est à cet instant qu'il se passe quelque chose de formidable : il ne me regarde plus comme une handicapée.

Il me regarde comme une petite conne. C'est un progrès phénoménal.

De Dracula à la créature de Frankenstein en passant par Mister Hyde ou le Joker, les monstres peuplent la fiction. Tous ont en commun d'avoir saisi que s'ils voulaient être respectés, ils n'avaient qu'un seul créneau possible : celui de génie du mal. Quand on est une victime de la nature et qu'on a un tant soit peu bon cœur, comme ce pauvre Quasimodo par exemple, on est condamné à être humilié à longueur de temps, victime du rejet, des moqueries ou, pire, de la pitié condescendante. La créature de Frankenstein l'a bien compris. Bienveillant et naïf au début du roman de Mary Shelley, le boulonné va prendre conscience au gré des humiliations que si l'on souhaite être pris au sérieux quand on a la gueule ravagée, avoir égorgé quelques personnes est un plus sur un CV.

Moi, je n'ai pas autant d'ambition. Être intégrée dans la grande confrérie humaine des petites connes et des petits cons suffit à mon bonheur. Je sais bien que je n'ai pas été gentille avec l'adjudant Pascalini, mais je n'avais pas le choix. Je suis en état de légitime défense. Depuis que je suis née.

J'éprouve toujours de la jalousie vis-à-vis des gens que je vois autour de moi. Ils courent, chantent, sautent, s'embrassent, s'invectivent, se lamentent, se caressent, s'excitent, s'égosillent. Moi, je remue un doigt. C'est agaçant. Il paraît que le processus de deuil s'accomplit en cinq étapes. Quand on perd quelqu'un, on commence par une période de choc et de déni, puis viennent la colère, le marchandage, la dépression et, enfin, l'acceptation. Mon problème, c'est que je dois faire le deuil de ma propre vie. Et je suis restée coincée au stade 2 : la colère.

De toute façon, les gens nous sont toujours reconnaissants quand nous sommes désagréables, nous, les monstres. Cela leur épargne l'effort d'être compatissants, cela dissout leur mauvaise conscience de se sentir mal à l'aise auprès de nous. C'est quand ils peuvent s'autoriser à nous détester qu'ils nous aiment le plus. Alors, pourquoi se priver ?

Pascalini crache ses poumons. Dans mon infinie bonté, je lui accorde une pause pour régénérer ses alvéoles décalcifiées. Afin de le remercier de son regard haineux qui a fait de moi un être humain à part entière, je lui confie les informations glanées auprès de mes concitoyens : que Joseph prétendait avoir découvert un secret croustillant, qu'il affirmait avoir été cambriolé, et que quelqu'un aurait vu une femme sortir de chez lui la nuit du meurtre.

— Merci, c'est très intéressant, apprécie Pascalini en prenant des notes dans un carnet. Comment s'appelle cette personne qui a vu une femme sortir de chez Joseph ?

— Clovis Bernicola. Mais il a juste aperçu une silhouette, il ne l'a pas identifiée.

— Vous pourriez me conduire chez lui ?

— Demain matin, avec plaisir. Ce soir, comme tous les premiers mardis du mois, Clovis est de sortie à la grande ville pour la réunion de l'Association des éleveurs d'autruches du Gévaudan. Il en est le président.

— Des autruches ? Ah, je comprends maintenant… J'ai failli en écraser une en arrivant au village.

— Clovis les laisse déambuler pendant la journée. Il dit qu'elles dépriment derrière une clôture. Ils les aiment comme ses enfants. Et même plus que ses enfants, d'après ses enfants.

— Il en fait quoi de ces bestiaux ?

— La nuit, on préfère ne pas savoir. Le jour, des conserves. Clovis commercialise de la blanquette d'autruche, de l'autruche mironton, de l'autruche au vin, de l'autruche bourguignonne, de l'autruche à l'orange. La gastronomie française revisitée à l'autruche.

— Et c'est bon ?

— Oh moi, vous savez, je mange de la bouillie. À l'autruche, au calamar ou au ragondin, ça reste de la bouillie.

Pascalini se fend d'un rire spontané, sans l'ombre d'une gêne à l'évocation de ma détresse alimentaire. La séance de gym tonique lui a fait tellement de bien qu'il se laisse aller à me traiter comme une interlocutrice normale. Encore quelques vannes et on va finir comme deux vieux potes à se donner de grandes claques dans le dos (enfin, surtout lui).

À notre arrivée devant l'estaminet Riffard, nous trouvons Babiloune sur le trottoir en train de raconter une histoire drôle à un panneau sens interdit. La blague semble faire son petit effet. Si le panneau ne se gondole que très légèrement, le stagiaire hoquette de rire avec une autosatisfaction qui génère une franche hilarité sur les faces des villageois réunis derrière la vitre du bistrot.

— J'ai l'impression que vos concitoyens ont bizuté mon stagiaire. Il a dû tâter davantage du Ricard que du terrain.

L'adjudant s'approche de Babiloune et lui tient à peu près ce langage :

— Vous avez terminé vos investigations ?

— Oui, chef.

— En avez-vous retiré des informations intéressantes ?

— Des tas. Vous connaissez la différence entre un gendarme français et une pompe à vélo guatémaltèque ?

— Je voulais dire des informations intéressantes pour notre enquête.

— Notre enquête ? s'étonne Babiloune en imitant à la perfection la pompe à vélo guatémaltèque.

— L'homme découvert assassiné ce matin.

— Oui, bien sûr, se reprend le jeunot en se mettant au garde-à-vous. Les gens qui mangeaient avec moi sont innocents. J'ai réussi à le leur faire avouer en utilisant la stratégie des cercles concentriques.

— Je vois… soupire Pascalini alors que les premières phrases du rapport d'évaluation de son stagiaire commencent à s'écrire dans son esprit. Babiloune, je vous présente Julie, la fille de monsieur le maire. Elle va nous servir de guide pendant nos investigations.

— Enchanté. Vous avez un super fauteuil.

— Merci, *thank you*, *gracias*, *arigatô*, dis-je en variant mes effets sonores.

— Ça fait des voix synthétiques en plus ? Vous avez de la chance !

Babiloune ne s'en doute pas, mais je lui accorde à cet instant une gratitude infinie. Ce n'est pas tous les jours que quelqu'un me considère avec envie. Serions-nous en train d'assister à la rencontre de deux âmes sœurs ? Qui sait, peut-être est-ce le début d'une grande histoire d'amour ? Entre Babiloune et… mon fauteuil ? L'adjudant siffle la fin de la récréation.

— Regagnons le domicile de la victime, nos collègues ont dû terminer leur travail. Nous ferons le tour des voisins pour savoir s'ils ont vu ou entendu quelque chose cette nuit. Et demain, à la première heure, nous rendrons visite à l'obsessionnel des autruches.

À l'évocation des premiers interrogatoires, l'adjudant estime nécessaire de faire une mise au point.

— Leçon numéro 1, Babiloune. Le plus difficile, à la campagne, c'est d'obtenir des témoignages. Ici, les gens sont des taiseux. Le paysan préférerait se faire couper la langue plutôt que de parler à la police, mais j'ai l'habitude.

Alors que Pascalini interroge Babiloune du regard pour savoir si la leçon numéro 1 a pu pénétrer jusqu'à une zone active de son cerveau, on entend dans notre dos un raclement de glaires. L'adjudant se retourne sans prendre de précautions. Une erreur de débutant. La boulette.

Chemin de croix de Margoujols, station 2.

19 h 56

L'adjudant Pascalini subit de plein fouet le visage de Lucette Chabal, moustache comprise. Vision traumatique pour les non-initiés. Une peur animale envahit les yeux de Babiloune. Il est à deux doigts de dégainer face à cette apparition sans sommation.

— C'est pour vous, inspecteur, couine Lucette en tendant un gros carton.

— Adjudant, réplique Pascalini.

— Où est l'inspecteur ? crache Lucette en ramenant son carton contre elle. Je veux parler à l'inspecteur.

— Il n'y a pas d'inspecteur, ça n'existe plus depuis 1995. Je suis l'adjudant Pascalini, officier de police judiciaire. Que puis-je pour vous, madame ?

Lucette hésite. Elle scanne la face de cet imposteur en puissance. Les idées s'entremêlent dans son esprit et elle n'a pas l'habitude. Ça pique. Une rupture de varice l'aide à se recentrer sur l'essentiel : elle tend son carton.

— De quoi s'agit-il ?

— Ce sont les trois cent cinquante-huit lettres d'insultes que Joseph m'a envoyées ces trente dernières

61

années. Vous pourrez vous en servir pour son profil psychologique. Je sais que c'est important, ils le font toujours à *Julie Lescaut*.

— Oui… Sans doute… Merci.

— Je préfère prendre les devants avant la perquisition chez moi.

— Pourquoi ferais-je une perquisition ?

— Pourquoi j'y aurais pas droit ? C'est à cause de ma différence ?

Pascalini pâlit. Il a réussi à faire abstraction de la moustache de Lucette au prix d'un effort surhumain, mais si c'est elle qui met sa pilosité sur le tapis…

— C'est parce que je suis une femme, c'est ça ?

— Ah, c'est de ça que vous… souffle Pascalini, soulagé. Non, que vous soyez une femme ne change rien.

Lucette reluque l'adjudant d'un air soupçonneux. Sa moustache frétille.

— Vous pensiez à quoi ?

— Qu… quand ?

— Quand je parlais de ma différence ?

— À rien… je vous assure…

Pascalini est écarlate. La gêne est un des sentiments les plus jouissifs à observer chez autrui. Je laisse le rire m'envahir, car j'ai des protections bien ajustées.

— Mouais, maugrée Lucette. Donc, on prend rendez-vous pour la perquisition ? Sinon je sais ce qui va se passer. Vous débarquerez à six heures du matin alors que je n'aurai pas fait ma toilette. Vous allez effrayer mon chat et me mettre le bazar, tout ça pour découvrir un carton avec les lettres d'insultes. Vous en conclurez que Joseph m'a harcelée pendant trente ans et que j'ai fini par craquer. On ne me la fait pas, j'ai vu tous les *Columbo*. C'est pour ça que je préfère prendre les devants. Parce que je ne l'ai pas tué !

— Je vous remercie, dit Pascalini en faisant mine de devoir partir pour une urgence, car il sent bien que Lucette se déguste à doses homéopathiques. J'examinerai vos documents, puis on reparlera de la perquisition.

— Prenez soin de mon carton, inspecteur. Il faudra me le rendre, c'est affectif.

— Ne vous inquiétez pas, madame. Allez, je vous souhaite une bonne soirée.

— J'ai pas fini. Je veux porter plainte.

— Pourquoi donc ?

— Parce qu'on m'a cambriolée cette nuit !

— Ah ? Qu'est-ce qu'on vous a volé ?

— Ça ne vous regarde pas ! s'écrie Lucette, outrée.

Pascalini marque un temps d'arrêt. Le contact avec la moustachue commence à produire son effet. L'élément toxique attaque d'abord le cerveau. À ce stade, beaucoup choisissent la fuite.

— Si vous déposez plainte, reprend-il d'un ton bienveillant qui force mon respect, il faut bien que je sache quoi chercher.

— Ce sont des objets personnels. Respectez mon intimité.

— Enfin, madame…

— J'ai le droit de garder le silence, c'est le cinquième amendement.

Le poison Chabal se diffuse dans le sang du gendarme et commence à altérer ses fonctions vitales.

— Madame… Nous ne sommes pas dans une série télé américaine… Je veux simplement vous aider…

— C'est ça, on fait le gentil flic pour m'amadouer, grince Lucette en pointant ses doigts crochus vers Pascalini et Babiloune. *Good cop*, *bad cop*, je connais la musique, j'ai les DVD de *Commissaire Moulin*. Je ne dirai plus rien sans la présence de mon avocat.

L'instinct de survie de l'adjudant lui fait opérer un mouvement réflexe de recul. Babiloune replace sa main sur son arme, perturbé à l'idée que quelqu'un ait pu l'imaginer en *bad cop*. Lucette lâche un sifflement dédaigneux, fait pivoter sa hanche artificielle, et entame un processus de sortie de scène avec de la plainte acrimonieuse en fond sonore.

Dans les yeux de l'adjudant, on lit que sa leçon numéro 1 sur le rural taiseux vient de trouver son cas particulier qui confirme la règle.

Mon esprit tourne à cent à l'heure. Mystère de l'oxygénation du cerveau, le développement de mes neurones n'a pas pris le même chemin que celui de mon corps. Si, à l'extérieur, mon imitation du légume attendant la ménagère sur son étal est confondante de réalisme, à l'intérieur, je frôle souvent la surchauffe des lobes frontaux.

Je réfléchis à ce que vient de nous dire Lucette. Elle a été cambriolée, comme Joseph. C'est bien la première fois que j'entends parler de vols à Margoujols. Et là, d'un coup, deux dans la même semaine… S'agit-il du même cambrioleur ? A-t-il un lien avec le meurtre de Joseph ? Que cherchait-il ?

Une surprise m'oblige à remettre mes interrogations à plus tard. À la vue de ce qui nous attend devant la grange de Joseph, l'adjudant Pascalini laisse filtrer sa consternation en agitant sa paupière gauche. Il n'est au village que depuis quelques heures et il sature déjà. Après sa rencontre avec une autruche accidentogène, sa discussion avec une Lucette désaxée et son compagnonnage forcé avec un organisme femelle à quatre

65

roues, Pascalini va côtoyer le gratin de Margoujols : Gabriel Troucelier, qui fait beaucoup pour réhabiliter la Bête du Gévaudan, et les frères Castan, qui font ce qu'ils peuvent en général.

Fort affairés, les trois hommes déroulent autour de la grange une bandelette de plastique jaune qui sert d'ordinaire à délimiter les enclos du bétail.

— Que faites-vous, messieurs ?

— On sécurise la scène de crime, explique Castan l'aîné.

— Monsieur le maire a dit qu'on devait aider la police, précise Gabriel. Si vous voulez, on peut rester là pour empêcher les journalistes d'approcher.

— Quels journalistes ?

D'un geste de la main, l'adjudant montre la place déserte. Seule une autruche déambule dans un coin, mais elle n'a pas l'air de chasser le scoop.

— Vous voulez que je les appelle ? s'enthousiasme Castan le cadet.

— Non merci, nous travaillerons mieux sans les médias. J'apprécie votre investissement, vous pouvez nous laisser à présent.

Troucelier et les Castan se regardent avec la mimique caractéristique de ceux qui vont bientôt sortir une grosse connerie. Reste à décider qui va se dévouer. Plouf, plouf. Castan l'aîné se lance, honneur aux anciens.

— Une dernière chose, on voulait savoir quand il fallait venir pour les empreintes.

— Quelles empreintes ?

— Ben, celle des doigts. Pourquoi, vous faites aussi les oreilles ?

— Je ne comprends rien à ce que vous racontez, s'agace Pascalini pendant que le trio s'esclaffe en répétant la vanne des oreilles. Messieurs, j'ai du travail.

— Vous ne relèverez pas les empreintes de tout le village ? s'étonne le cadet.

— Pour les comparer à celles du lieu du crime, comme dans *New York, police judiciaire*, précise Gabriel.

— Pas pour l'instant, non.

Castan l'aîné fait la moue. Il se penche vers ses collègues pour chuchoter.

— Qu'est-ce qu'il y a ? se crispe Pascalini.

— On ne parle pas de vous, se défend l'aîné.

— Il me disait qu'il préférait *Les Experts : Miami*, confirme son cadet. Les flics sont plus efficaces.

— Messieurs, je connais mon travail.

— Bien sûr...

— On ne se permettrait pas...

— En plus, c'est une femme qui a fait le coup, rappelle Gabriel.

— Clovis le raconte partout, confirme Castan l'aîné.

— C'est pour ça que l'adjudant n'a pas besoin de nos empreintes, conclut le cadet. Il ne prendra que celles des femmes.

— J'ai surtout besoin que vous me laissiez travailler tranquille.

Une voix chevrotante s'invite soudain dans la conversation. L'autruche ? Presque. C'est Yvette Bernicola, l'épouse épanouie de Clovis, pimpante dans sa robe imitation tapisserie seventies.

— Bonjour, adjudant. Je vais bientôt me mettre à mes conserves d'autruchon. Je voulais savoir quand il fallait venir pour les empreintes, parce qu'une fois que je suis en cuisine je ne bouge plus.

La paupière gauche de Pascalini est prise d'un nouveau tremblement. Troucelier et les Castan croisent les bras d'un air qui semble crier à la cantonade : « Tu vois bien, hein ? Tu vois ? » Babiloune, en pleine redescente après son dîner arrosé, assiste à la scène d'un œil poissonneux, les bras encombrés du carton de Lucette Chabal.

Soucieux d'affirmer la supériorité morale du gendarme français sur le policier américain, et de compenser un peu son infériorité vestimentaire, Pascalini rejette la solution facile de l'élimination du rural pénible à l'arme de service. Il préfère nous quitter sans un mot pour s'engouffrer dans la grange de Joseph, suivi du Babiloune cartonné. J'en suis réduite à les attendre dehors, mon fauteuil n'étant pas adapté à l'exploration des taudis à escaliers. Dommage, j'aurais bien aimé voir une scène de crime sanglante en vrai. Ffffffffffffchiééééééééééé.

Incompris dans leur entreprise d'assistance des autorités, Gabriel Troucelier et les frères Castan m'abandonnent dans la torpeur de cette soirée caniculaire. Un souffle chaud me chatouille les roues et le cuir chevelu, les derniers rayons du soleil me caressent les jambes et les jantes alu, des effluves de ragoût d'autruche m'excitent les papilles. Je pourrais écrire que je bave en baignant dans mon jus sur mon fauteuil chauffé à blanc, mais je sais me tenir : le style avant tout.

Je rêvasse à Sherlock Holmes, Hercule Poirot, mamie Marple et consorts en essayant d'imaginer comment ils envisageraient cette affaire. Autant l'avouer, je prends mon pied depuis ce matin. Et ça ne m'arrive pas souvent, au propre comme au figuré. Il y a enfin un peu d'animation au village et, surtout, me voilà plongée au cœur d'une enquête criminelle. Or, j'adore le crime. En littérature, bien sûr. Ne commençons pas à voir des sous-entendus partout.

Mes compétences sportives limitées et mon appétence pour la position assise m'ont prédisposée à préférer la lecture à la pratique de l'athlétisme en milieu caprin. L'apparition du numérique a été une bénédiction. Je peux télécharger seule les livres que je veux et les lire sur mon écran. Oui, je sais, l'objet livre est irremplaçable, la texture du papier, son odeur, patati, patata. Sauf que moi, je n'ai pas de mains. Alors, e-book.

Mes préférences vont aux romans policiers, aux thrillers, aux histoires gore. Il me faut du sang et de la tripe. Plus les autopsies sont détaillées, plus je me régale. Plus l'humour est noir, plus je savoure. Malheureusement, on m'offre rarement des polars. Le pire dans ma situation, c'est que les gens se croient obligés de me refiler des bouquins de développement personnel écrits par des philosophes bellâtres ou des chauves en tongs. Le style *Guérir son enfant intérieur par la réflexologie auriculaire et le curcuma râpé*, ou bien *Le Kit du bonheur au quotidien : Feng Shui, tisanes et tronçonneuse*… Au secours !

J'adresse donc mes remerciements officiels à l'assassin de Joseph. Grâce à lui, je vais pouvoir réaliser mon rêve : écrire un polar. Un meurtre, un flic, un village plein de secrets, j'ai les ingrédients de base sous la main. Je vais mélanger de mon mieux et tant pis si ça fait des grumeaux. Depuis ce matin, je n'arrête pas de taper. J'en ai le majeur tout endolori. Je compte suivre de près le déroulement de l'enquête. J'espère qu'on aura droit à de palpitantes péripéties.

Je ne devrais pas me montrer aussi réjouie en ce jour tragique ? Premièrement, ma joie ne se voit pas puisque je suis incapable de bouger un seul muscle du visage (championne du monde de « je te tiens, tu me tiens, par la barbichette »). Deuxièmement, je rappelle que je suis un monstre. Les contes de fées apprennent aux enfants que la difformité physique est toujours le reflet d'une laideur morale. Je n'aurais pas l'impudence de faire mentir Charles Perrault. Troisièmement, les psys que mes parents m'obligent à voir depuis que je suis en âge d'écouter des raisonnements ridicules me disent que je dois « extérioriser mes ressentis ». Qu'on me laisse donc extérioriser en paix et remercier l'assassin de Joseph pour cette stimulante opportunité littéraire qui s'offre à moi.

Je me dois aussi d'adresser une pensée amicale à Joseph sans qui rien n'aurait été possible. Merci de tes efforts inlassables pour te faire détester. Ta disparition nous offre une belle leçon humaniste. Elle démontre que même les pires personnes peuvent faire le bien un jour dans leur vie. Ne serait-ce qu'en mourant.

On ne dit pas ce genre de choses ? Ce n'est pas moral ? Et pourquoi ne pas dire ce que l'on ressent au fond de soi, pour changer ? Par exemple, dans les romans policiers, j'aime lire les descriptions des sévices subis par d'innocentes victimes parce que ça me permet de croire un instant qu'il peut y avoir des situations pires que la mienne. Est-ce que cela fait de moi une sadique ? Que le lecteur de polar qui n'a jamais éprouvé un plaisir trouble à la lecture d'une scène sanglante me jette la première pierre.

Dans ma situation, pourquoi devrais-je m'intéresser à la morale ? En m'assimilant au règne végétal dès la naissance, le sort m'a offert un paradoxal sentiment de liberté. En effet, si l'être humain respecte les lois, ce n'est pas parce qu'il est naturellement porté vers le bien, mais parce qu'il vit dans la crainte de perdre sa liberté. Se retrouver encagé tel un animal, c'est une angoisse pour tous, sauf pour moi. Les barrières morales ne me concernent pas, car la peur de la punition ne peut m'atteindre. La prison ? J'y suis déjà, depuis toujours. Un peu plus, un peu moins...

Si on pousse le raisonnement à son terme, dans notre village qui bruisse des rumeurs sur la mort de Joseph, je suis l'être le plus libre qui soit. Le bien et le mal, la récompense et la punition, ça ne me concerne pas. Je pourrais choisir d'être la détective autant que la criminelle. Dans les deux cas, j'ai un créneau original à saisir. Une détective paraplégique, c'est assez neuf dans le polar. La littérature policière propose des « détectives en fauteuil », ces enquêteurs qui résolvent des énigmes par la logique sans même se rendre sur la scène de crime, mais à part celui de Raymond Burr dans la série télévisée *L'Homme de fer*, les fauteuils roulants n'encombrent pas la série noire.

Original, un *serial killer* en fauteuil l'est tout autant. Imaginons une meurtrière incapable de tuer de ses propres mains qui pousserait d'autres personnes à le faire à sa place. Insoupçonnable, elle pourrait même accompagner le policier dans ses investigations, être aux premières loges pour connaître les développements de l'enquête et poursuivre ainsi ses crimes en toute impunité. Intéressant, non ?

N'empêche, c'est fou ce qui peut vous passer par la tête pendant que vous attendez des gendarmes sur un trottoir, un soir d'été…

Pascalini et Babiloune sont dans la grange depuis vingt minutes à piétiner dans la tripaille, les chanceux. C'est alors qu'arrivent des renforts policiers chargés de récupérer les restes de Joseph en vue de l'autopsie, histoire de vérifier si par hasard la mort ne serait pas naturelle.

Je sors de ma rêverie. Ils sont deux à descendre de leur corbillard frigorifique. Jeunes, musclés, tatoués tribal, gélifiés du cheveu, le genre à passer beaucoup de temps à travailler un look original qui leur permettra de ressembler comme deux gouttes d'eau à tous les autres looks originaux.

Ils sont mon type d'homme, mais suis-je leur type de femme ? J'ai des doutes. Les regards furtifs qu'ils jettent vers moi m'apportent une réponse sans ambiguïté : dans la torpeur caniculaire propice aux mirages, ils se demandent si je suis une installation d'art contemporain issue des ravages du 1 % culturel ou bien le fameux cadavre qu'ils doivent récupérer. Pas leur type, donc. En même temps, je ne suis pas sûre de me sentir très rassurée face à un homme qui affirmerait que je suis son type de femme… Ami pervers, bonjour.

Pour m'amuser un peu, je lance aux beaux gosses de ma plus belle voix de banlieusarde dessalée :

— Oh, vous arrêtez de me mater les nichons ? Tous les mêmes, ces mecs !

Les tatoués se décomposent devant ces délicates sonorités. Ils ne savent plus où se mettre, rougissent jusqu'aux oreilles, balbutient des excuses, que du bonheur. Je suis prête à enchaîner sur « Je vous avertis, je ne couche pas avant le mariage » quand le retour de Pascalini vient tout gâcher. Il met fin à l'érotisme trouble de notre passion naissante en briefant les gaillards sur la prise en charge du Joseph. En même temps, c'est mieux ainsi : j'étais pas épilée.

Les gélifiés ne se font pas prier pour rejoindre la grange au pas de course, pressés de mettre une distance respectable entre eux et mes nichons. L'adjudant reste à mes côtés pour surveiller d'un œil la bonne marche de l'évacuation tout en faisant le point avec son stagiaire. Mon imitation remarquable d'un élément de mobilier urbain m'offre l'accès à des informations confidentielles.

— Babiloune, que doit-on retenir des conclusions des experts ?

— Que Joseph Zimm est décédé.

— Certes, mais en sait-on davantage ?

— Il est mort vers une heure du matin d'un coup de couteau dans le cœur, annonce Babiloune comme s'il récitait une poésie en CM1. Il n'y a pas eu lutte, la victime devait être endormie quand elle a été poignardée. On n'a retrouvé ni arme du crime, ni empreintes, ni le carnet noir qui pourrait constituer un mobile.

Le meurtrier a pris son temps pour découper la victime et devait avoir le cœur bien accroché. Moi, par contre, je ne me sens pas très bien…

— C'est normal, on est tous passés par là.

— Mon adjudant, marmonne Babiloune dont le visage poupin vire au verdâtre, je crois que je vais…

— Dans ce cas, mettez-vous à l'abri des regards.

En fonctionnaire consciencieux adepte de l'efficacité, Babiloune ne souhaite pas retarder l'enquête par un éloignement spatial chronophage. Il fait fi de son intimité et extériorise son malaise devant nous, à la bonne franquette.

De mon côté, si je retranscris cette scène, c'est parce qu'elle montre l'humanité du gendarme. Derrière l'uniforme, il y a un cœur qui bat et un estomac qui se vide. En revanche, j'évite les détails scabreux de type couleur des rejets bilieux, présence de morceaux ou bruits de régurgitation, inutiles à la progression de l'enquête comme à la psychologie des personnages. Je sais me tenir.

Un narrateur ne raconte pas tout. Il fait des choix et passe beaucoup de choses sous silence. Il est un manipulateur qui n'offre à son lecteur que ce qu'il veut bien lui offrir, et qui cache ce qui l'arrange pour créer un suspense à sa sauce. Position des plus pratiques quand le narrateur est lui-même le coupable, comme dans *Le Meurtre de Roger Ackroyd* d'Agatha Christie, mon écrivain préféré. Tata Agatha m'a appris que le plus amusant quand on raconte une histoire, c'est qu'on balade son lecteur où on veut. Cela dit, le problème ne se pose pas dans ce récit : je ne suis pas la tueuse.

Promis, juré, bavé.

20 h 49

J'accompagne Pascalini dans son enquête de voisinage qui se révèle vite laborieuse. Les voisins de Joseph prennent leur temps pour expliquer en long et en large qu'ils n'ont rien vu, rien entendu, histoire de confirmer que le Margoujolais appartient bien à l'espèce du taiseux bavard. Difficile d'animer un récit policier avec une séquence aussi creuse. Je pourrais forcer le trait dans le registre de l'indigène haut en couleur obligeant l'adjudant à ingurgiter divers apéritifs locaux, mais il me faut manier le grotesque villageois avec précaution si je ne veux pas être accusée de racisme rural. En plus, mon gendarme ne boit pas pendant le service. Qu'est-ce que vous voulez faire avec un fonctionnaire pareil ?

Seul ce brave Grégoire Thérond, agriculteur-paysagiste couperosé, recalé six fois au casting de *L'amour est dans le pré*, fait un effort pour donner un peu de relief à la scène.

— Je suis désolé, nous n'avons rien vu cette nuit.

La femme de sa vie (sa vieille mère, un des plus fervents soutiens à l'industrie française des spiritueux) acquiesce en arrière-plan et en robe de chambre.

— Tant pis, répond Pascalini, je vous remercie.

— Ce serait dommage que vous vous soyez déplacé pour rien. Je connais bien le village, je peux vous signaler des délits si vous voulez.

— Ce ne sera pas nécessaire, nous sommes là pour enquêter sur le meurtre.

— C'est pas pour dénoncer, mais j'en connais qui font de la fraude aux aides agricoles. Ils comptent deux ou trois fois leur troupeau et hop, ils empochent le pactole. Vous voulez les noms ?

— Nous allons vous laisser. Bonne soirée.

— Et une dégradation volontaire de tracteur, ça vous intéresse ? Dans la famille, on aime collaborer avec les autorités. Déjà, en 1940, grand-papa avait beaucoup fait pour…

— Au revoir.

— J'ai aussi de l'ouvrier au black et de l'escroquerie à l'Urssaf. Dites-moi ce que vous préférez.

Merci Grégoire pour ta participation, mais la quête de la Vérité n'attend pas, nous devons reprendre notre porte-à-porte. Les témoignages se succèdent, les déceptions aussi. L'adjudant enregistre avec une patience infinie l'absence totale d'informations utiles. De mon côté, je me prépare à assumer le premier ventre mou de mon histoire. C'est alors que la porte du numéro 8 s'ouvre. Et que l'espoir renaît.

Valentine Musson entre en scène avec sa crinière flamboyante et son fond de teint triple couche. Fille de l'homme-éléphant, demi-sœur de Lucette Chabal, épouse de Jean-Claude l'humaniste, croqueuse d'hommes et figure incontournable du libertinage provincial, elle a un vrai potentiel dramaturgique, je le sais.

En tant qu'aspirante écrivain, j'ai pris l'habitude d'envisager les gens que je croise en termes de qualités romanesques. Qui ferait un bon personnage de fiction ? Qui captiverait un lecteur ? Qui pourrait susciter attachement, compassion, sympathie ou admiration ? Pas facile de trouver son bonheur. Au-delà de la fadeur narrativement inexploitable de bon nombre de mes contemporains, la difficulté vient surtout des stéréotypes.

J'ai ce problème avec Valentine Musson, cliché de la femme séductrice peu avare de ses atouts qui accumule les aventures extraconjugales. J'entends déjà les critiques dénoncer l'image facile et sexiste de la nymphomane. Si je veux viser le best-seller international, l'adaptation cinématographique et la sélection du club France Loisirs, il serait plus prudent de choisir un angle différent pour son portrait. Idée : je vais mettre en avant une autre facette plaisante de sa personnalité, la névrosée obsessionnelle soumise à des phobies d'impulsion. (C'est pas un cliché sexiste au moins ?)

— Oh, mon adjudant, je suis si contente de vous voir, attaque Valentine avec des trémolos dans la voix. J'allais venir vous trouver.

— À votre disposition, madame.

— Est-il vrai que c'est une femme qui a tué Joseph ?

— Qui dit ça ?

— Tout le monde. Il paraît que Clovis Bernicola a vu une femme. Vous confirmez ?

— Je ne peux pas m'exprimer sur une enquête en cours.

— Si c'est une femme, il faut me mettre en garde à vue.

— Pour quel motif ?

— Au cas où. J'ai... j'ai peut-être... tué Joseph.

— Je ne comprends pas. Vous l'avez tué ou vous ne l'avez pas tué ?

— Je n'en sais rien car je dormais.

Le visage de Pascalini laisse transparaître une certaine lassitude. Sa journée a été difficile. Il est venu résoudre un crime, pas servir de psy à tous les déficients mentaux d'un village perdu. Il fait un gros effort sur lui-même pour que les Français continuent à être fiers de leur service public.

— Enfin, madame, si vous dormiez, comment auriez-vous pu le tuer ?

— Je suis somnambule. Une nuit, ma voisine m'a retrouvée dans son potager en train de grignoter une carotte au clair de lune.

— Votre somnambulisme ne fait pas de vous une criminelle.

— Ça commence avec une carotte mais on ne sait pas comment ça finit, comme dans le proverbe avec le bœuf.

— La grenouille qui voulait être aussi grosse que le bœuf ? s'enquiert Babiloune.

— Non, le bœuf qu'on vole après avoir piqué son œuf.

— Un bœuf ne pond pas d'œuf, affirme Babiloune. J'en suis presque sûr.

— Nous devons vous laisser, intervient Pascalini. Nous avons beaucoup de travail.

— Et si j'avais tué Joseph pendant une crise ? insiste Valentine en s'agrippant au bras de l'adjudant. Je ne m'en souviendrais pas. Mettez-moi au moins en garde à vue cette nuit. Pour protéger les autres !

— Vous avez surtout besoin de repos. Dormez un peu, ça ira mieux.

— Si je dors, je vais faire une crise ! Vous ne comprenez rien, vous êtes sûr que vous êtes policier ?

— Je suis gendarme.

— Ah d'accord... lâche Valentine sur un ton qui voulait dire « Ah d'accord », mais en pas sympa.

— Vous vous moquez de moi ?

— Oui. Comme ça, vous allez m'arrêter.

— Bonne soirée, grogne Pascalini en tournant les talons.

— J'ai commis un outrage à agent. Vous devez m'arrêter, c'est la loi. Et puis je paie mes impôts, je finance les prisons, j'ai bien le droit d'en profiter un peu !

La force argumentative de Valentine laisse Pascalini sans voix. La virago se renfrogne devant l'impéritie du fonctionnariat hexagonal.

— Si je tue quelqu'un pendant mon sommeil, vous l'aurez sur la conscience.

Pauvre Valentine. Son amour pour le général de Gaulle la conduit souvent à illustrer une de ses plus célèbres phrases, piquée à Chateaubriand : « La vieillesse est un naufrage. » C'est un fait, la décrépitude guette tous les humains. Chacun est angoissé par cette perspective inéluctable qui n'épargne personne. Sauf moi. C'est un des avantages de mon état, je ne peux pas me décrépir davantage. Quoique... je pourrais toujours me gangrener le majeur gauche et me faire amputer mon seul membre valide. Il n'y a pas de limites au manque de bol.

Pour en terminer avec Valentine, je ne me fais pas trop de souci sur son éventuelle culpabilité somnambulique. J'ai dit que je n'insisterais pas sur la facette « séductrice » de sa personnalité, mais tout le village connaît ses histoires de troubles du sommeil. C'est son alibi habituel pour justifier ses maraudes nocturnes à vocation copulatoire. Dix contre un que si elle prend les devants avec Pascalini, c'est qu'elle a dû se balader cette nuit et qu'elle anticipe d'éventuels témoignages de villageois qui auraient pu l'apercevoir. Ah, cliché, quand tu nous tiens…

21 h 48

Au terme d'une enquête de voisinage peu concluante, Pascalini regarde sa montre et doit se rendre à l'évidence : l'affaire Joseph Zimm va l'obliger à s'installer quelques jours parmi nous. Le village est isolé et le gendarme ne peut se permettre d'interminables allers-retours au bilan carbone indécent. Parfois, dans la vie d'un homme, la raison doit s'imposer. Courage, Pascalini.

Le pauvre adjudant avait certainement des projets plus affriolants qu'une immersion en milieu rural hostile pour son week-end. Pourtant, la déception ne fait pas frissonner son képi. En saluant les experts bedonnants qui redescendent dans la vallée avec la voiture de gendarmerie, il se fige au garde-à-vous, soutenu par le balai du devoir planté bien droit.

Toujours efficace, papa s'est occupé du gîte et du couvert de la maréchaussée en demandant au couple Riffard la réouverture provisoire de l'*Hôtel du Haut-Gévaudan*. C'est un événement. Seuls les plus anciens se souviennent que Margoujols a inauguré un hôtel dans les années 1930 sous l'autorité de mon ancêtre

Louis-Ferdinand de Creyssels, maire ambitieux qui souhaitait faire de son village une étape incontournable sur la route des stations thermales des grands de ce monde. La création d'un casino et d'une salle de spectacle dédiée à l'opérette avait même été envisagée, juste avant la découverte de l'absence d'eau thermale à Margoujols, et l'internement de Louis-Ferdinand de Creyssels en clinique psychiatrique.

Les quinze chambres, situées au-dessus d'une grande salle de restaurant devenue depuis l'établissement multifonctionnel Riffard, n'ont servi que lors des fêtes votives et des foires aux bestiaux qui attiraient encore du monde jusqu'à la fin des années 1960. Depuis, elles n'ont plus été aérées.

Je n'ai jamais vu ces chambres auxquelles on accède par un escalier que mon fauteuil n'est pas encore capable de gravir, mais Magali Riffard me les a souvent décrites par le menu. Je sais tout de leurs secrets d'alcôves, de leurs décorations surannées préservées à l'identique avec un soin fétichiste, de ce musée poussiéreux dont Magali est la gardienne énamourée.

Je sais tout car Magali est une romantique qui a su trouver chez moi un organe que son mari n'a jamais daigné lui offrir : une oreille. Au gré de mes visites au café, elle me confie ses rêves et ses déceptions entre deux mousses à la tireuse. Arrimée à son comptoir comme à un bateau sur une mer houleuse, Magali tient bon le cap, en équilibre entre le désir de prendre le large et l'envie de couler à pic. Elle s'est toujours rêvée à la tête d'un palace Art déco, mais le manque d'ambition de son boutiquier de mari l'a condamnée à un bovarysme tiède.

Sa naissance la destinait pourtant à des perspectives plus romanesques. Son géniteur n'est autre que Séraphin, l'homme-tronc du cirque Britiescu, qui générait autant de frissons que de fascination dans les rues de Margoujols quand il déambulait avec une agilité stupéfiante sur sa planche à roulettes.

Séraphin provoqua un terrible scandale en séduisant l'innocente Paulette Fraysse, enfant chérie du propriétaire de l'*Hôtel du Haut-Gévaudan*. Le père infortuné ne put digérer l'affront. Après avoir maudit sa fille, menacé l'homme-tronc, insulté les cieux et conchié l'humanité pendant près de vingt-huit minutes, il prit congé d'une occlusion intestinale foudroyante.

Séraphin épousa Paulette et dirigea l'hôtel d'une absence de main de maître. Magali grandit avec cette statue du Commandeur vivante posée sur le comptoir, entre un distributeur de cacahuètes et un yucca rachitique. Séraphin passait ses journées à dominer la salle de son regard sombre, trop heureux quand il pouvait effrayer un étranger de passage en s'animant soudain avec force grimaces. Séraphin disparu, c'est son buste en plâtre qui a pris sa place sur le zinc. Quant à sa planche à roulettes, elle trône au-dessus du baby-foot. Comme le dit Magali lors d'éruptions incontrôlées de lyrisme : « Mon père n'avait pas de bras, mais c'est mon mari qui m'a coupé les ailes. » (C'est beau Magali. Tiens, prends des chips.)

De la place de la mairie, j'observe Magali à la fenêtre d'une chambre. Son visage rayonne. Elle ouvre les volets d'un geste ample comme si c'était à sa vie qu'elle donnait une grande respiration. Comme moi, elle voit dans la tragédie qui frappe Margoujols l'occasion de prendre un peu d'oxygène. Qui pourrait nous le reprocher ?

À quelques mètres, Valentine Musson est en grande discussion avec sa demi-sœur Lucette Chabal. Je parie qu'elle lui raconte son somnambulisme de la nuit dernière et qu'elle en rajoute pour faire son intéressante. Je m'approche pour le plaisir des oreilles. Gagné.

— Oui, j'ai vu quelqu'un, je te dis. Devant chez Joseph. Je ne m'en suis pas souvenue tout de suite, mais maintenant, j'ai des flashs.

— Allons bon. Tu avais déjà des tics et des tocs, il te manquait plus que des flashs.

— J'ai vu une femme. Ce qui est étrange, c'est qu'elle avait un visage tout blanc.

— Ça doit être à cause du flash.

— C'est elle qui a découpé Joseph, c'est sûr.

— Et tu ne l'as pas reconnue avec tous ces flashs partout ?

— Non, mais sa silhouette me disait quelque chose… Je vais peut-être avoir d'autres flashs plus précis ?

— Qui sait ? Papa a toujours dit que tu étais une lumière.

— Je suis soulagée, je n'ai pas tué Joseph. Je vais peut-être même pouvoir aider à arrêter la meurtrière si j'ai d'autres…

— D'autres flashs. Oui, on a compris.

Valentine rayonne. Elle aussi voit dans ce meurtre une façon de pimenter son existence. Ce n'est pas pour rien que les gens raffolent des polars, des séries policières ou des faits divers. La mort des autres, ça reste le meilleur moyen de donner du goût à sa vie à soi. Et quand ça se passe en vrai, dans votre petit village, il y a plus-value, c'est sûr. Surtout lorsque le délicieux frisson de l'angoisse vient vous visiter à la pensée qu'un tueur se cache tout près, et que vous venez peut-être de le croiser dans la rue à l'instant... L'électricité est palpable dans les rues de Margoujols, chacun est émoustillé, ça s'anime, ça palpite. On a envie de démasquer le coupable, sans doute, mais on veut d'abord que le suspense dure un peu.

On ne peut pas lutter, c'est animal. Et donc, quoi de plus humain ?

À l'*Hôtel du Haut-Gévaudan*, l'adjudant occupera la fameuse « chambre bleue », dont le nom est au centre d'une controverse toponymique. Selon Magali, cette appellation est liée aux aventures extraconjugales d'un peintre obsessionnel du bleu victime d'épectase en ces lieux. Selon son mari, le nom de la chambre bleue vient de sa tapisserie bleue. Deux façons de voir la vie. Faites votre choix, et cherchez « épectase » dans le dico si besoin.

Pour l'heure, Pascalini prend ses marques dans le petit salon, au fond de la salle de restauration. Afin de faciliter le travail de la gendarmerie, Magali y a aménagé un « espace investigation » séparé par un adorable paravent d'inspiration lozéro-japonaise des piliers de comptoir qui tentent depuis des années une greffe de poivrot sur zinc.

Dans un coin, Pierrot Charbonnier, notre gloire locale, champion régional du plus gros mangeur de saucisses, est en plein entraînement devant une pyra-mide de chipolatas. Il a déjà le record de la Morteau et de la Montbéliard, mais la chipo, c'est son Graal.

À quelques pas, Babiloune observe la planche à roulettes de Séraphin avec passion. Il meurt d'envie de la toucher, il jette des regards en biais vers son adjudant, ça sent le geste regrettable à court terme.

Magali n'est pas insensible au charme du gendarme. Les galons l'affriolent, son chemisier en a perdu un bouton. De son côté, Pascalini demeure raide comme la justice, attitude riche de promesses pour une rurale sensuellement délaissée. Il écoute avec gravité les explications de sa logeuse et fait mine de ne rien remarquer lorsque Magali tombe un deuxième bouton. L'échancrure poitrinaire s'élargit comme le champ des possibles entre les deux âmes esseulées. Un soupçon de jalousie naît en moi : je suis nettement moins érotique quand mon fauteuil perd un boulon.

— Merci pour votre accueil, dit Pascalini qui montre une force morale peu commune en continuant à regarder Magali dans les yeux.

— Le plaisir est pour moi, adjudant. Et une femme aujourd'hui a le droit de penser à son plaisir, vous ne trouvez pas ?

— Bien sûr... Et... les horaires du petit déjeuner ?

— De sept heures à onze heures. Des horaires souples. C'est important la souplesse, n'est-ce pas ?

— Oui...

— Moi, je fais du stretching. Une femme aujourd'hui doit pouvoir s'exprimer avec son corps, vous ne trouvez pas ?

Je ne suis pas une spécialiste de la chose amoureuse – le total de mes conquêtes atteignant péniblement le chiffre de zéro – mais il me semble repérer quelques discrets signaux de parade nuptiale. J'ai eu raison d'éviter tout à l'heure un portrait de Valentine Musson sous l'angle de la séductrice, ça aurait fait doublon avec Magali. Comme quoi, vous cherchez à échapper au cliché et il vous revient en pleine face. Alors autant y aller à fond : j'encourage mentalement les deux tourtereaux, car une séquence galipettes serait du meilleur effet dans mon récit. Il est bon dans un polar d'avoir des moments de respiration, et le motif du repos du guerrier est toujours efficace.

Je suis donc disposée à tenir la chandelle, mais un fracas soudain met fin à ma scène de respiration à base de tripotages sensuels. À la place, je dois me contenter du motif pseudo-comique de l'adjoint maladroit : la planche à roulettes gît au sol, en trois morceaux, auprès d'un Babiloune écarlate. C'est plus poussif comme respiration, mais on se débrouille avec ce qu'on a.

— J'ai rien fait. Ça s'est détaché tout seul.

L'une reboutonne son corsage, l'autre sa braguette mentale, puis les deux sermonnent Babiloune qui accole les morceaux de la planche au cas où ils se souderaient par miracle. Voilà ce qui arrive quand on batifole pendant le service en laissant les stagiaires désœuvrés.

— Babiloune, il est temps de regagner nos chambres. Une longue journée nous attend.

— On n'examine pas le carton de Mme Chabal ?

— On fera ça demain après avoir mené les interrogatoires. Julie, vous pourrez nous servir de guide ?

Je serai ravie de reprendre du collier mais je n'ai pas le temps de répondre car un trio sort de l'ombre sous l'œil circonspect de Pascalini : Yvette Bernicola, Nicole Troucelier et Jean-Claude Musson. La fine fleur de l'intelligentsia margoujolaise, piliers du club de Scrabble, collectionneurs de raretés lexicales, toujours partants pour étaler leur culture en couche épaisse devant les gens de la ville par peur d'être assimilés à la figure du paysan plouc. Chacun porte un gros carton sous un air satisfait.

— Nous avons des choses pour vous, adjudant, annonce Jean-Claude.

— Des pièces à conviction, comme chez Simenon, précise Nicole.

— Des indices déterminants, comme chez Léo Malet, ajoute Yvette.

— Des preuves irréfutables, comme dans *Navarro*.

Alerte orange à la faute de goût. Ces dames fusillent Jean-Claude du regard.

— Tu veux dire comme chez San-Antonio ?

— Non, *Navarro*, avec Roger Hanin. C'était bien, *Navarro*.

Ces dames se désolidarisent d'un soupir. Jean-Claude frôle l'exclusion du club de Scrabble.

— Vous voulez bien vous expliquer clairement ? s'agace Pascalini.

Yvette pose son carton sur une table et se lance.

— J'ai apporté des lettres d'insultes de Joseph. Des missives ordurières. De la fange épistolaire.

— Moi, j'ai ajouté mes relevés téléphoniques de ces cinq dernières années, fait Nicole.

— Pareil, renchérit Jean-Claude, avec en prime ma brosse à cheveux. Pour les échantillons d'ADN.

— Nous souhaitons faciliter votre labeur par une totale transparence.

— Afin que vous puissiez éliminer des suspects au plus vite.

— Car nous n'avons rien à cacher.

— *Celare nihil habemus*, confirme Yvette.

— C'est du latin, précise Nicole.

— N'empêche, c'était un bel homme, marmonne Jean-Claude.

— Qui, Joseph ?

— Non, Roger Hanin.

Babiloune réceptionne les cartons. Pascalini se rassoit en s'appliquant à ne rien laisser paraître, mais sa paupière gauche cède à un léger tremblement. Dans son regard se dessine le début d'un appel au secours. Je ne réagis pas car c'est ce que je fais de mieux. Débrouille-toi, mon grand. Vétéran de Margoujols, tu auras une médaille. De mon côté, il est temps que je regagne ma chambrette. Bien qu'assise toute la journée dans un fauteuil, je ne suis pas la plus endurante des apprenties détectives. Petite nature, comme dirait mon père dont le réservoir d'empathie a été siphonné il y a longtemps.

Babiloune me souhaite une bonne nuit. Il hérite de la chambre rose, qui s'accordera à merveille avec son teint poupin. Il se dit satisfait de son matelas, ni trop souple ni trop dur. Il m'explique ça en caressant le dossier de mon fauteuil, l'œil brillant. Non, Babiloune, n'insiste pas, on rentre dormir à la maison. Mon fauteuil et moi, on ne couche jamais le premier soir.

Ni les suivants d'ailleurs, pour être honnête.

Au fil des rues qui me ramènent chez moi, je croise des villageois qui profitent du semblant de fraîcheur apporté par la nuit. Beaucoup se dirigent vers l'*Hôtel du Haut-Gévaudan*, l'esprit civique chevillé au corps et les bras encombrés de cartons. Mon gros doigt me dit que la soirée s'annonce longue pour Pascalini. La séquence respiration sous la couette, c'est pas pour tout de suite.

Le sacerdoce d'abord. Courage, mon adjudant.

Je vois la vie en monstre, le blog de Winona Jane

Épisode 3

Comme beaucoup de jeunes gens, je me suis long-temps angoissée pour mon avenir professionnel. Difficile à dix-huit ans de s'engager dans une voie qui va déterminer le reste de votre existence. Mon inquiétude était des plus communes : comment concilier mon travail et ma passion ? Aimer tuer les gens, c'est une chose, en vivre est une autre affaire.

Question cursus de formation pour le meurtre – tous les pros vous le diront –, l'apprentissage reste la voie royale. Pour autant, un bagage théorique n'est jamais superflu. Une exploration assidue de la littérature policière permet d'asseoir un socle de connaissances souvent précieux dans les moments délicats.

Dans ce domaine, comme dans tant d'autres, je penche pour la formation classique. Toute personne intéressée par l'exigeante voie de l'homicide devrait commencer par la lecture du roman Crime et Châtiment de Dostoïevski. *Rien de mieux que la description des remords de Raskolnikov après son double meurtre pour mettre sa vocation à l'épreuve du réel. Inutile de s'engager dans l'assassinat si c'est pour subir les affres de la mauvaise conscience. Quand la pénibilité s'invite dans le travail quotidien, la passion s'étiole.*

L'imagination des romanciers permet au novice de balayer un large champ de situations et d'aborder des questions fondamentales auxquelles on ne pense pas dans l'euphorie des premières fois. Pour les questions pratiques d'organisation et d'intendance, comme les modalités de surveillance de la future victime ou la liste des fournitures de base, on se référera avec profit aux œuvres de Jeff Lindsay, l'heureux créateur de Dexter, de Thomas Harris, le papa d'Hannibal Lecter, ou du Néo-Zélandais Paul Cleave. Des auteurs qui ont su donner ses lettres de noblesse à la figure du serial killer, *objet de mes livres de chevet.*

Pour une connaissance en profondeur de la psychologie policière et des méthodes des enquêteurs, et afin d'éviter les comportements à risque sur les futures scènes de crime, des auteurs comme Michael Connelly, Jo Nesbø ou Henning Mankell seront d'une grande utilité. Leur lecture permet de prendre conscience qu'un tueur travaillera face à des policiers expérimentés, souvent de grande valeur intellectuelle, dont les difficultés conjugales et le penchant pour la boisson ne doivent pas endormir la vigilance. Le meurtre en série est un segment spécifique de la criminalité. Comme dans tout marché de niche à fort potentiel, sous-estimer ses concurrents est une faute grave.

Enfin, un véritable professionnel ne peut exercer sans s'inscrire dans une histoire dont il aura à cœur de continuer à creuser le sillon. L'âme même de notre activité s'exprime dans un glorieux passé littéraire dont on se nourrira avec bonheur : Arthur Conan Doyle, Agatha Christie, Dashiell Hammett, Raymond Chandler, James Hadley Chase et tant d'autres figures de notre mythologie. Ils sont si éloignés des réalités de notre époque qu'ils ne vous offriront rien d'« utile » concrètement, et c'est en cela qu'ils sont indispensables. Sans eux, vous ne seriez que des machines à tuer, mécaniques et vides. Sans eux, il vous manquerait ce qui fait la véritable valeur d'un assassin. Sans eux, vous passeriez à côté de l'essentiel.

La poésie.

Jour 2

9 h 03

Dès ma bouillie expédiée, je rejoins les gendarmes en poussant mon fauteuil à fond. Ce n'est pas tous les matins que je quitte le lit avec autant d'enthousiasme. En général, mes perspectives quotidiennes sont assez limitées. On m'a bien emmenée une fois aux champignons, mais on ne peut pas faire des folies tous les jours, surtout quand il faut deux plombes pour désembourber votre fauteuil. Résultat, entre l'ordinateur et la télé, je passe mon temps devant un écran. Je sais, c'est mal. Le problème est générationnel : on est comme ça, nous, les *digital natives*. Il paraît que c'est mauvais pour la santé, que ça peut déclencher des convulsions. Moi, j'aimerais bien avoir des convulsions. Ça me donnerait l'occasion de bouger un peu.

En ce lendemain de meurtre sordide, je confirme que l'atmosphère du village a changé. Je croise les mêmes visages depuis vingt-trois ans, mais quelque chose sonne différemment. À la réflexion, je crois que c'est moi. Ce matin, je me sens joyeuse. C'est grave, docteur ?

Je retrouve Babiloune en pleine mission rangement dans l'espace investigation. Après les visites volontaires de la quasi-totalité des quasi-taiseux de Margoujols, il y a des cartons partout.

— Trente-neuf, m'explique le stagiaire affairé. Nous avons trois mille quatre cent cinquante-six lettres de menaces rédigées par Joseph, cinq cent quarante-huit relevés téléphoniques courant sur les dix dernières années, cinquante-trois relevés d'empreintes digitales faits maison, et un stock d'objets destinés aux analyses ADN.

Babiloune brandit une brosse à cheveux dans un sachet à congélation.

— J'en ai compté vingt-quatre. On a aussi dix-huit brosses à dents, trois brosses à chien, et une partie inférieure de dentier. À quelques exceptions près, tous les propriétaires ont pensé à inscrire leur nom dessus. Des gens prévoyants, les Margoujolais.

Tu l'as dit, Babiloune. Je suis émue devant l'investissement spontané de mes concitoyens.

— Jamais vu des taiseux aussi bavards, continue le stagiaire en consultant un carnet. La plupart ont leur idée sur le coupable du meurtre. Vous voulez la liste des suspects le plus souvent dénoncés ?

— Pour sûr. Donnez-moi le podium.

— En un, Lucette Chabal.

— Normal, c'est la personne la plus détestée du village. Brûler les sorcières, c'est dans l'ADN du rural. On se débrouille avec les boucs émissaires qu'on a sous la main puisqu'on a toujours manqué de Juifs à la campagne. Qui arrive deuxième ?

— Les migrants.

— Classique. Le migrant, c'est la bête du Gévaudan 2.0. Et le troisième lauréat ?

— Les monstres. Enfin, je veux dire…

— Les membres du cirque Britiescu, j'avais compris. La difformité physique vous donne toujours une bonne tête de coupable. D'ailleurs, je ne suis pas sur la liste ?

— Non. Pourquoi vous y seriez ?

Adorable Babiloune. Il fait du bien sans même s'en rendre compte.

— C'est pas possible, ce foutoir ! s'exclame Pascalini en débarquant dans l'espace investigation saturé.

Babiloune se met au garde-à-vous. Je reste au repos car je suis une rebelle.

— Je n'ai jamais vu ça, peste l'adjudant devant les offrandes des Margoujolais sur l'autel de la Vérité. Comment voulez-vous vous concentrer sur l'enquête ? À cause de ces séries télé ridicules, les gens se croient spécialistes des méthodes policières. J'espère qu'on va pouvoir travailler, maintenant.

C'est beau un homme qui espère. Mais là, on est à Margoujols.

Magali fait son entrée en agitant son buste pour faciliter sa circulation sanguine. Un bouton de son corsage vient à nouveau de sauter, confirmant la baisse de qualité de l'industrie textile depuis la délocalisation de la filière en Chine.

— Alors, adjudant, ces premiers contacts avec la population ?

— Ça se passe bien, merci, ose Pascalini, soudain mielleux. Les gens d'ici sont bienveillants.

— C'est comme les femmes d'aujourd'hui, vous ne trouvez pas qu'elles doivent assumer leurs désirs ?

Pendant que Pascalini analyse la réplique de Magali en se demandant s'il n'a pas loupé une étape, une voix retentit.

— Mon adjudant !

Au comptoir, Pierrot Charbonnier, Gabriel Troucelier et Gaëtan Siffloux refont le monde, qui ne leur a rien demandé. Pascalini s'approche. Erreur de débutant, sans doute la fatigue.

— Mon adjudant, se lance Pierrot Charbonnier, je voulais savoir si vous m'aviez déjà mis sur écoute.

— Sur écoute ? Qu'est-ce que c'est que cette histoire ?

— Je vous explique. J'ai une relation amicale avec une dame bien sous tous rapports. On s'est rencontrés sur Meetic, on chatte, c'est sympa. On a décidé qu'on se parlerait au téléphone pour la première fois ce soir. Alors, si vous pouviez ne pas trop m'écouter, ça m'enlèverait du stress.

— Mais enfin, vous n'êtes pas sur écoute !

— Ah bon ? Pourquoi ? s'étonne Pierrot.

— Vous pensez que je vais écouter les conversations de tous les habitants ?

— Moi, c'est ce que je ferais, affirme Gaëtan.

— C'est plus facile pour trouver le coupable, non ? s'interroge Gabriel.

— À condition qu'*on* veuille le trouver… lâche Gaëtan.

— Drôles de méthodes, maugrée Pierrot.

— Allez, lance Gabriel pour apaiser les esprits, prenons le verre de l'amitié.

— Il est neuf heures du matin, remarque Pascalini.

— Il n'y a pas d'heure pour l'amitié. Ça vous remontera le moral.

— Pourquoi n'aurais-je pas le moral ?

— Votre femme ne vous a pas quitté ?

— Non, pourquoi ?

— Vous n'êtes pas alcoolique ?

— Je ne comprends pas ce que…

— Alors votre coéquipier est mort sous vos yeux et depuis vous êtes hanté par des cauchemars parce que vous vous sentez coupable, c'est ça ?

— Pas du tout !

Moue perplexe du Gabriel. Il détaille Pascalini en repassant dans sa tête la liste complète des clichés du polar avant de lâcher :

— Vous êtes sûr que vous êtes policier ?

Alors que l'adjudant se livre à un colloque intérieur sur le thème *La bavure, cette mal-aimée*, Gabriel retourne s'accouder à l'abreuvoir de Michel Riffard pour laisser l'adjudant infuser au calme.

La paupière gauche de Pascalini a opté pour une vie autonome. Elle vibrionne, hors de contrôle, car la maîtrise de nos émotions est un art délicat dans lequel peu d'êtres humains excellent aussi bien que moi. Pascalini vient de comprendre que l'allergène margoujolais n'est pas sans effets sur la santé. Pas d'exposition prolongée sans avis médical. Effets secondaires signalés : démangeaisons, migraine, nausée, chute de cheveux, descente d'organes, suicide libérateur. Le SAMU, c'est le 15.

Pascalini a le choix. Soit il opte pour une tuerie de masse, à l'américaine, soit il prend de la hauteur et se retire la queue basse, à la française.

En tant que narratrice, j'ai un faible pour l'option 1.

— Babiloune, nous sortons, ordonne Pascalini le franchouillard en se saisissant de l'option 2. Il est temps de passer aux dépositions de témoins. Julie ? Toujours d'accord pour nous accompagner ?

J'acquiesce d'un coup de klaxon, un peu déçue car on n'a pas sorti le début d'un flingue dans le saloon Riffard, mais il faut savoir raison garder, à chaque jour suffit sa peine, après la pluie le beau temps. Ma grand-mère ne manquait jamais une occasion de soulager la détresse qui me submerge parfois par quelques maximes pleines de sagesse. J'espère qu'elle a beau temps, au fond de son cercueil.

Nous sortons du bistrot, Magali nous souhaite bonne chance en esquissant une danse aux sept voiles avec deux torchons. Le temps est venu d'entrer de plain-pied dans l'enquête. De plain-roue en ce qui me concerne.

Alors que je guide les uniformes vers la demeure de Clovis Bernicola, premier sur la liste des auditions, je m'interroge sur l'adjudant Pascalini. Il salue avec un sérieux imperturbable tous les gens que nous croisons, comme les filles Beekmans qui tiennent en otage le chien de Martine Bonnafous pour prendre de l'avance sur le chapitre « Dissection » du programme de SVT. Ou comme leurs parents qui suivent avec des têtes en forme de réquisitoire contre les lois interdisant la fessée dans les pays nordiques.

Pascalini met un point d'honneur à se montrer digne de ses galons, mais sera-t-il à la hauteur de l'enquête ? Il a l'air expérimenté et intelligent, il devrait nous conduire à une résolution acceptable dans un délai raisonnable. Plus important encore, sera-t-il à la hauteur du récit policier que je suis en train d'écrire ? Là, j'ai davantage d'inquiétudes.

Le polar, c'est le BlaBlaCar de la littérature. Vous embarquez dans une enquête comme dans un covoiturage, sans savoir si le pilote est un conducteur sympathique avec qui vous ne verrez pas passer le temps, ou un laborieux papi grisâtre dans un tacot hors d'âge qui rendra votre voyage interminable et vous fera regretter la SNCF et les bons vieux romans de gare. C'est pourquoi tous les auteurs savent que la clé du succès, c'est la qualité du personnage de l'enquêteur.

Pour marquer les esprits, il faut rompre avec les clichés et fuir comme la peste l'inspecteur alcoolique et désabusé que sa femme a quitté parce que son métier, c'est sa maîtresse (tiens, sers-moi un *fucking* bourbon). Le problème, c'est que les stéréotypes se créent plus vite que leur ombre. Depuis l'épatante Marge Gunderson interprétée par Frances McDormand dans le *Fargo* des frères Coen, on ne compte plus les détectives femelles. Des héroïnes capables d'enchaîner la gestion du reflux gastrique du petit dernier, l'arrestation musclée d'un cannibale gérontophile et un changement de couche du petit dernier qui, décidément, n'en rate pas une (tiens, ressers-moi un *fucking* biberon). Nouveau cliché de la femme moderne qui, sous couvert d'une valorisation des compétences illimitées du sexe faible, ne conduit en fait qu'à le culpabiliser davantage : « Ma pauvre, le temps que tu te plaignes de faire trop de ménage, Carrie Mathison aurait déjà arrêté deux terroristes et repeint la chambre du gosse. » (Tiens, ressers-moi un enculé de pastis.)

Carrie Mathison, pour les non-initiés, c'est un agent du FBI dans la série télé *Homeland*. Elle cumule deux handicaps qui en font un personnage attachant : la féminité et la bipolarité. Excellente gestion de la fiche personnage, y a des auteurs qui bossent. La dépression et l'alcoolisme étant passés de mode, les personnages de polar affichent à présent la gamme complète des particularités physiques et psychologiques. On ne compte plus les détectives obèses, autistes, agoraphobes, philatélistes, schizophrènes, avec toutes les combinaisons possibles pour un personnage d'enfer : enquêteur claustrophobe *et* collectionneur de hamsters empaillés, inspecteur maniaco-dépressif *et* abonné à *Valeurs actuelles* ; commissaire asiatique, bisexuel, psoriasique *et* recordman de vitesse du roulage de nems.

Autant dire que Pascalini n'est pas vraiment au niveau avec son style passe-partout. Une myopie raisonnable, un IMC un peu en dessous de la moyenne, des oreilles légèrement décollées, ça fait maigre pour séduire le lectorat. Heureusement que je suis là. On est d'accord : question personnage en cumul de tares, je suis au top. Ce n'est donc pas par narcissisme que je parle de moi, mais par respect pour le lecteur.

Vu la médiocrité de l'enquêteur, j'ai peur qu'il s'ennuie. Il reste un espoir, dirait mon moi optimiste : Pascalini cache peut-être des failles intimes qui le font flirter avec l'abîme derrière son armure de gendre moyennement idéal ? Peut-être dissimule-t-il sous le masque impassible de l'homme que la vie n'a point meurtri les cicatrices béantes de celui qui a plongé au cœur des méandres les plus obscurs de la perversité humaine ? Et, qui sait, la révélation d'une personnalité des plus tortueuses à la faveur d'un époustouflant coup de théâtre constituera peut-être le point d'orgue de cette histoire ? Mouais. Peut-être.

En attendant, fermons cette parenthèse réflexive pour revenir à la narration puisque l'enquête s'emballe soudain pour le plus grand plaisir des petits et des grands : nous arrivons chez Clovis Bernicola, notre premier témoin.

Bonjour.

9 h 58

Accueil chaleureux – café ? Pulco citron ? Chipsters paprika ? –, Clovis se montre ravi de recevoir des uniformes. Ce n'est pas tous les jours qu'on peut présenter sa collection d'œufs d'autruche peints à la main à des gens de la ville.

— C'est magnifique, s'extasie Babiloune devant un œuf décoré avec une technique rappelant Pablo Picasso (la maternelle Pablo Picasso de Clermont-Ferrand).

— J'ai découvert l'art de la peinture sur œufs dans un roman, explique Clovis. Une histoire de chien écrasé, de Jean-Michel ou Jean-Marc quelque chose. Bref, ça a été une révélation pour moi.

— Comme quoi, la littérature, c'est utile parfois.

— Exactement. Mais savez-vous que les écrivains ne parlent jamais de peinture sur œufs ? Une sorte de sujet tabou. Pas une ligne chez Victor Hugo, ni même chez Proust. Étrange, non ?

— Si, confirme Babiloune, inquiet. On se demande ce que ça cache.

— Monsieur, tente Pascalini, nous aimerions vous poser quelques questions.

— C'est superbe chez vous, continue Babiloune en embrassant le salon-musée du regard. Et il y a une bonne odeur.

— Ma femme est en cuisine. Aujourd'hui, c'est…

— … paupiettes d'autruchon, intervient Pascalini qui se sent un peu tout seul.

— Sacré odorat ! Vous connaissez l'autruchon ?

— Presque, je connais votre épouse. Elle m'a informé du menu.

— Ah ? lâche Clovis, déçu.

— Monsieur Bernicola, pouvez-vous me confirmer que vous avez vu une femme sortir du domicile de Joseph Zimm la nuit du crime ?

Clovis plisse les yeux pour faciliter l'établissement d'une connexion neuronale qui permette la livraison d'une réponse suffisamment développée :

— Non.

— Ah bon ? Vous n'avez vu personne ? Pourtant, on vous a entendu déclarer que…

— Je n'ai pas dit que je n'avais vu personne.

— Je ne comprends pas. Il y avait quelqu'un ou pas ?

— Disons que c'est une question de point de vue.

— Quel point de vue ? Soit il y avait quelqu'un, soit il n'y avait personne !

— Ce n'est pas si simple. Ne voir personne ne veut pas dire qu'il n'y a personne. Si vous n'avez pas le bon angle, si vous êtes décalé, si vous tournez la tête au mauvais moment, c'est mort.

— Oui, mais si vous l'avez vue…

— Que je l'ai vue n'implique pas non plus qu'elle était là. J'avais bu pendant la soirée organisée par le Comité de réhabilitation de la Bête du Gévaudan de mon ami Gabriel Troucelier, j'ai pu avoir une hallucination. J'ai aussi pu assister à un mirage, comme dans le désert.

— Nous ne sommes pas dans le désert, monsieur Bernicola.

— Vous n'avez jamais entendu parler de la désertification rurale ?

— Ça n'a rien à voir !

— C'est une question de point de vue.

Clovis se lève en hochant la tête sous l'œil consterné de Pascalini, puis il disparaît quelques instants à la cuisine accompagné de Babiloune qui souhaite se renseigner sur les subtilités de la peinture sur œuf : l'œuf doit-il être plein ? Vide ? Cuit ? Gobé ? L'autruche subit-elle un préjudice psychologique ?

— Et voilà un bon café, annonce Clovis de retour avec des tasses fumantes sur un plateau.

Il a prévu une paille pour moi afin que je me brûle le palais comme tout le monde. Ça me touche.

— Il est un peu tôt pour l'apéritif, ajoute Clovis. De toute manière, il n'y a plus d'alcool dans cette maison. Ma femme veut que je retrouve la ligne de mes vingt ans, rapport au second souffle dans le couple et tout ça.

Il sort une flasque de la poche de sa veste et nous adresse un clin d'œil entendu avant de lâcher d'une voix forte à destination de la cuisine :

— C'est simple, je ne bois plus que de la citronnade !

— Monsieur Bernicola, reprend Pascalini. Adoptons le point de vue selon lequel vous avez vu une femme sortir de chez Joseph.

— Si vous voulez.

— Quelle heure était-il, pour être précis ?

— Voyons… Le temps que je sorte de la réunion et que j'aille border mes autruches… plus la pause vidange sous les étoiles… il devait être une heure du matin.

— Je le note, annonce Babiloune, très professionnel, carnet à la main.

— Ou deux heures peut-être.

— Je rectifie, précise Babiloune.

— À la limite, trois heures. Pour être précis.

— Je fais quoi ? s'inquiète le stagiaire.

— Une, deux ou trois heures ? s'impatiente Pascalini. C'est important.

— Hum… Difficile à dire parce que j'ai fait une halte récupération sur un banc en sortant de la réunion. Un léger coma.

— Donc, qu'avez-vous vu ?

— Ce n'était qu'une silhouette. Une femme plutôt petite, ni grosse ni maigre, assez âgée d'après sa démarche.

— Et son visage ?

— Je n'ai pas bien vu. La seule chose que je peux dire c'est qu'il était très pâle.

— Ses vêtements ?

— Une robe. Mais c'était une ombre, je n'ai rien remarqué de précis.

— Vous avez une idée de qui ça pouvait être ?

— Hum… Je dirais que c'était Lucette Chabal.

L'œil de Pascalini s'allume. Il se redresse sur sa chaise. Chasseur à l'affût.

— Qu'est-ce qui vous fait penser ça ? Vous avez reconnu sa silhouette ?

— Eh bien… Franchement, je n'ai rien reconnu du tout, mais ma femme et elle ont un vieux différend, et mon Yvette est rancunière. Donc si vous pouviez aller embêter un peu Lucette avec vos questions, ça ne nous rendrait pas malheureux.

L'œil de Pascalini vire au sombre. Serrage de poings, crissements de dents.

— J'enquête sur un meurtre, monsieur Bernicola. Je vous prierais de répondre à mes questions avec sérieux.

— Désolé, je le ferai plus. Café ? Citronnade ? (Clin d'œil.)

Agacé, l'adjudant compulse son calepin.

— Joseph Zimm prétendait avoir été cambriolé, vous le saviez ?

— Je l'ai entendu dire. Il paraît qu'on lui a volé son carnet.

— Celui dans lequel il notait les secrets des villageois ?

— Il paraît.

— Vous savez ce qu'il y avait sur votre compte dans ce carnet ?

— Non. Je n'ai rien à me reprocher. Mon âme est blanche comme celle de l'autruchon qui sort de l'œuf.

— Quelqu'un avait-il une raison particulière d'en vouloir à Joseph ?

— Tout le monde avait mille raisons de le détester mais, franchement, je ne vois personne au village qui aurait pu commettre une atrocité pareille.

112

Clovis s'interrompt. Son regard se perd dans sa tapisserie moutarde.

— Sauf peut-être…

— Oui ?

— Si j'étais vous, j'irais parler à ses camarades du cirque. C'est eux qui le connaissaient le mieux. On ne sait pas de quoi sont capables ces gens-là.

— Les monstres ?

— C'est vous qui l'avez dit.

Un silence s'installe pour nous signaler que l'heure est venue de nous quitter en chérissant au fond de notre cœur ce moment poignant d'intimité partagée. Sur le pas de la porte, Pascalini doit déployer des efforts démesurés pour éviter la visite de l'élevage d'autruches. Il repart quand même avec une conserve de cassoulet au confit d'autruche et quelques boîtes de foie gras (d'autruche, pour ceux qui ont du mal à suivre).

Clovis salue notre départ en sortant sa flasque de sa veste. Il vérifie que l'œil de Moscou est à distance, nous adresse un clin d'œil, puis s'enfile une belle rasade qu'il recrache aussitôt avant de s'égosiller :

— Qui a mis de la citronnade dans ma citronnade ?

10 h 32

La piste des monstres semble plaire à Pascalini. À peine avons-nous quitté Clovis qu'il me demande de le conduire chez un membre du cirque Britiescu. On est comme ça, nous, les *freaks* : nous essayer, c'est nous adopter.

C'est vrai que c'est pratique, les monstres. Des êtres qui accumulent frustrations et humiliations regorgent de mobiles pour zigouiller leur prochain lorsque la goutte fait déborder la boîte de Pandore. En plus, la nature s'est chargée d'apposer sur leur corps une marque indélébile qui les désigne à la populace comme suspect. Ils sont nés avec une tête de coupable, profitons-en.

Mon ami Pietro, l'homme-caoutchouc, vit à quelques encablures de Clovis, dans l'ancienne école où il a officié comme homme à tout faire pendant plusieurs décennies. On va débuter la visite du cirque par lui. Il sera parfait en Monsieur Loyal.

— Pietro comment ? demande Pascalini.

— Pietro tout court. Il n'a pas de nom de famille.

— Tout le monde a un nom de famille, rétorque mon adjudant.

— Pietro n'est pas tout le monde. (Moi aussi je rétorque si je veux.)

Si les volets de Pietro sont fermés, sa porte est grande ouverte. Pietro aime répéter que s'enfermer, c'est faire de soi un prisonnier, une bête de zoo. C'est dire aux autres qu'on a peur d'eux. C'est renier son humanité. Puis, pendant que son auditoire ému médite sur la revigorante portée utopique de son discours, Pietro en profite pour actionner un coussin péteur d'ampleur orchestrale. Histoire de changer de registre, de rendre hommage à l'art oublié du pétomane, et de rire un bon coup devant les grimaces consternées de ses interlocuteurs.

Pietro est un clown. Il y en a des lunaires, des poètes, des subtils, et il y a des Pietro. Pas le roi de la finesse, mais grand succès auprès des enfants de trois à cent trois ans. C'est pour tenir ce rôle qu'il a été engagé dans le cirque Britiescu. Et comme son contrat n'a jamais été officiellement rompu, il continue.

Pascalini franchit le seuil en apostrophant Pietro pour bien signifier qu'il ne s'agit pas d'une effraction. Babiloune se joint au concert d'exclamations, car il a appris en première année qu'un coup de fusil est vite parti à la campagne. Personne ne répond. Le salon est plongé dans une semi-obscurité. Seule une lampe en forme de tête de singe nous aide à distinguer les meubles aux formes biscornues, du matériel de récupération repeint aux couleurs flamboyantes du cirque.

— Monsieur Pietro ? Gendarmerie nationale. Nous voudrions vous poser quelques questions à propos de…

Un cri retentit, tout près de nous.

— Aidez-moi !

Babiloune jette un regard inquiet à Pascalini qui pose la main sur son arme.

— Monsieur Pietro ?

— Aidez-moi ! Parrrrrrrr pitié !

Quelqu'un est en danger dans ce salon. Quelqu'un qui roule méchamment les *r*. Pascalini sort son pistolet, Babiloune essaie de sortir le sien. Le stagiaire s'acharne en couinant de désespoir, car le module « Maîtrise de son arme à feu en situation de stress pour éviter de flinguer des innocents ou de se carrer une balle dans le genou » est en train de lui passer sous le nez.

— Aidez-moi, je suis enferrrrrrmé.

— Où êtes-vous ? demande Pascalini.

— Parrrrrrrr pitié ! Je suis Michael Jackson.

Ça se complique. Les gendarmes froncent les sourcils. Soit ils sont sur le point de découvrir Michael Jackson prisonnier dans un village de Lozère dix ans après sa mort, soit c'est une blague. Ils hésitent. Je suis morte de rire, mais ça ne se voit pas, grâce à mon visage un peu crispé depuis vingt-trois ans. Je peux donc profiter du spectacle des uniformes en tension sans leur gâcher la suite. C'est Babiloune qui voit le perroquet le premier.

— Oh, là, dans le coin, un poulet !

L'animal se relance aussitôt :

— Sauvez-moi, je suis Michael Jackson et je suis enferrrrmé dans le corps de ce perrrrrroquet.

Tout dans la vie de Pietro est prétexte aux blagues. Comme il est doué dans l'art de dresser les perroquets, il adore leur faire dire n'importe quoi. Quand j'étais enfant, il avait un couple de cacatoès qui passait la journée à dialoguer. L'un demandait : « Tu m'entends ? »,

116

l'autre répondait : « Non. » Pendant des heures. Et ça faisait rire Pietro, pendant des heures aussi.

— Vous avez fait connaissance avec Michael ?

Pietro s'avance dans la pièce de sa démarche caoutchouteuse, l'œil rigolard, en s'étirant le lobe de l'oreille jusqu'à l'épaule.

— Aidez-moi, je suis enferrrrrmé dans cet enfoirrrrré de perrrrrroquet !

— Il est marrant votre oiseau, apprécie Babiloune.

— *Cause this is thrrrrrrriller, thrrrrrrriller night !*

— Il chante en plus ? C'est génial !

— Normal, assure Pietro, c'est quand même Michael.

— Venez à moi, les petits enfaaaaaants ! *Thrrrrrrriller !*

— Mes hommages, mademoiselle Julie, fait Pietro en s'inclinant. En forme, ma belle ?

— Oui, mais en forme de quoi ? On n'a toujours pas la réponse.

Pietro rigole, je donne un coup de klaxon, c'est notre vanne préférée. Pascalini ne pratique pas l'humour pendant le service, il recadre :

— Monsieur Pietro, je suis l'adjudant Pascalini. Je voudrais vous poser quelques questions au sujet de Joseph Zimm.

— Je préfère vous le dire tout de suite : Michael a un alibi.

— Mais... je n'accuse pas Michael...

— Encore heureux. Comment un perroquet pourrait-il assassiner un homme ? C'est ridicule.

— Je n'ai jamais suggéré ça !

— J'espère. En plus, il a un alibi.

Sur le front de Pascalini, un pore besogneux lâche une goutte de sueur afin de matérialiser le malaise qui envahit l'adjudant en même temps qu'une série de questions. Pietro est-il dérangé ? Grabataire ? Se moque-t-il de nous ? Désireux d'apporter une réponse sans ambiguïté aux interrogations des autorités, Pietro actionne son coussin péteur. OK, le gars se moque.

— Nous enquêtons sur un meurtre. Nous vous serions reconnaissants de nous aider avec tout le sérieux qu'exige la situation.

— Bien sûr, du sérieux, du sérieux… Ça fait longtemps que je n'ai pas pratiqué, mais je vais essayer. Prenez place sur le canapé. Sérieusement.

Pietro s'installe sur une chaise, mais ses réflexes d'homme-caoutchouc l'amènent à repenser le concept de position assise : il passe la jambe gauche derrière sa tête.

— Monsieur…

— Oui, sexe masculin, je confirme, répond Pietro alors que sa jambe droite rejoint la gauche.

— J'ai besoin de votre attention.

— Vous l'avez, assure Pietro en applaudissant des deux pieds au-dessus de sa tête.

Une joie enfantine luit dans les yeux de Babiloune. Il rêve de faire pareil. Je suis moins ambitieuse, applaudir des deux mains me suffirait. Michael lâche un « Brrrrrrrravo Pietrrrrrrrro, t'es un prrrrrro ». Pascalini fait comme si de rien n'était.

— Quand avez-vous vu Joseph Zimm pour la dernière fois ?

— La veille de sa mort, en sortant du café, vers midi.

— De quoi avez-vous parlé ?

— J'ai dit que je l'avais vu, pas que nous avions parlé. À part quelques insultes, comme ça, en passant, nous n'avons pas échangé un mot depuis février 1982. On a dû vous avertir que Joseph était imbuvable. Le plus surprenant dans sa mort, ce n'est pas qu'on l'ait assassiné, mais que personne ne l'ait fait plus tôt.

— Alors pourquoi le tuer aujourd'hui ? S'est-il passé quelque chose de particulier ces derniers jours ?

— Ce qui se dit au village, c'est que Joseph avait découvert un secret sur quelqu'un d'ici. Peut-être cette personne a-t-elle voulu le faire taire ?

— Qui aurait pu commettre un tel acte selon vous ?

— Michael Jacksonnnnnnn ! propose le perroquet.

— Je pense que ce doit être quelqu'un d'aimable et de gentil.

— Pourquoi ça ?

— Chaque fois qu'un tueur est démasqué, la télé fait témoigner ses voisins qui disent toujours la même chose : « Il était bien aimable », « Il était si gentil », « Jamais on n'aurait pu imaginer ça ». Alors, si j'étais vous, je m'orienterais vers ce type de personne. Le genre que jamais on n'aurait pu imaginer ça.

— Ça se tient, approuve Babiloune.

— Monsieur Pietro, reprend Pascalini que l'imparable démonstration de son interlocuteur élastique a laissé de marbre, vous êtes resté chez vous la nuit dernière ?

— Ah, quand même ! Je me demandais quand vous poseriez la fameuse question. Sous-entendu : êtes-vous sorti massacrer Joseph pour occuper vos insomnies ?

— Je voulais juste savoir si…

— On y a droit dans tous les interrogatoires. Pourtant c'est la question absurde par excellence, non ? Le coupable va forcément dire qu'il n'a pas quitté son lit, et comment ferez-vous la différence avec un innocent qui est resté sous la couette ?

— La présence d'un témoin pour confirmer ses dires.

— À moins d'être un imbécile, un tueur aura pris soin d'avoir un alibi. Ce n'est pas compliqué de trouver un témoin.

— Et si vous répondiez simplement à ma question ?

— À vos ordres. Je suis sorti de chez moi cette nuit et je n'ai aucun témoin.

— Ce qui prouve que vous êtes innocent, intervient Babiloune.

— Pourquoi ? s'agace Pascalini.

— Parce qu'un coupable aurait répondu qu'il était chez lui et qu'il avait un témoin, non ? explique Babiloune.

— Ce n'est pas si simple, nuance Pietro. Je pourrais être coupable, mais prétendre n'avoir aucun alibi pour faire croire que je n'ai rien à me reprocher. Technique américaine.

— Ça devient compliqué, se renfrogne Babiloune.

— À quelle heure êtes-vous sorti cette nuit et où êtes-vous allé ?

— Je suis sorti à minuit, à deux heures, à quatre heures et à six heures. À la demande de ma compagne.

— Vous avez une femme ?

— Non, j'ai une prostate. Et elle est exigeante. Je vis dans une ancienne école, les toilettes sont dans la cour de récréation.

— Vous n'avez pas quitté l'enceinte de l'école ?

— Non.

— Avez-vous vu quelqu'un passer dans la rue ? Entendu un bruit ? Remarqué quoi que ce soit ?

Pietro prend le temps de réfléchir. Il attrape sa joue élastique et l'étire comme un chewing-gum. Michael l'encourage d'un « T'es le meilleurrrrrr, Pietrrrrrro ».

— Quand je suis sorti à deux heures, reprend l'homme-élastique en relâchant sa joue, j'ai aperçu quelqu'un. Ç'a été fugitif, juste une silhouette, quelques secondes.

— Une silhouette d'homme ou de femme ?

— Une femme, avec un visage très pâle. Elle portait une robe. Pour le reste, il faisait noir, je n'ai vu aucun détail. Mais j'ai eu une drôle de sensation...

— C'est-à-dire ?

— La silhouette m'a paru à la fois familière et étrangère. Comme si je croyais reconnaître quelqu'un tout en me disant que c'était une autre personne.

— Comme quelqu'un qui se serait déguisé ?

— Peut-être...

— Comme un homme déguisé en femme, par exemple ?

Pietro plisse les paupières, soudain sérieux. On dirait que les paroles de l'adjudant viennent de lui révéler quelque chose d'essentiel. Un homme déguisé en femme, comme dans *Psychose*, le film d'Hitchcock ? Pourquoi pas. Margoujols dissimule-t-il son Norman Bates ?

— Mais oui... C'est ça... murmure Pietro.

— Quoi donc ? insiste Pascalini, persuadé de toucher du doigt la clé du mystère. Dites-nous à quoi vous pensez, c'est important.

121

Pietro regarde autour de lui comme si quelqu'un pouvait l'observer dans l'ombre. Il pose son doigt sur sa bouche d'un air énigmatique et nous fait signe d'approcher. Pascalini tend le cou, Babiloune se lève de sa chaise, je reste sagement sur la mienne. Nous sommes suspendus aux lèvres de Pietro.

Qui actionne son coussin péteur.

11 h 04

— Ils sont tous comme ça, les vieux du cirque ? grommelle Pascalini en sortant de chez Pietro, aussi agacé que bredouille.

Je souris intérieurement et fais résonner, *via* mon ordinateur, un roulement de tambour d'orchestre de cirque : *tatagadada, tsoin, tsoin !*

— C'est quoi le problème avec les volatiles ici ? Autruches, perroquets, qu'est-ce qui va suivre ?

Je lâche un adorable miaulement pour ajouter ma croquette à la dimension animalière de cette histoire. Chacun sait que les petites bêtes mignonnes sont appréciées du lectorat. La preuve, certains auteurs à succès n'hésitent pas à afficher des chatons sur leurs couvertures. Aucun rapport avec leur bouquin, mais ça fait plus joli sur les têtes de gondole chez Carrefour. Les statistiques de recherche Google sont formelles, les mots clés les plus tapés sont « chaton mignon » et « gros nichons ». J'ai déjà une idée pour la couverture de mon livre.

De son côté, l'adjudant est moins bien classé dans les recherches Google. Malgré cela, ma bonté naturelle m'oblige à l'aiguiller vers le prochain numéro de la monstrueuse revue : les sœurs siamoises, Appolonie et Louisette Popesco.

Sur le chemin, je m'interroge. Dois-je avertir mon gendarme que la personnalité d'Appolonie présente quelques aspérités qui peuvent surprendre au premier abord ? Ou dois-je lui laisser le plaisir de la découverte ? Je suis joueuse et Pascalini doit encore faire ses preuves. Va pour la surprise.

À quelques mètres de la maison des Popesco, l'adjudant juge nécessaire de se montrer pédagogue avec son stagiaire.

— Babiloune, nous rendons visite à des personnes âgées affligées d'une difformité physique peu commune. J'attends de vous discrétion et retenue.

— Vous pouvez compter sur moi. C'est quoi leur difformité ?

Des sœurs siamoises. Je me souviendrai toujours de ma réaction la première fois que je les ai vues alors que j'étais toute petite. J'ai pensé : « Les pauvres. » Il faut dire que je ne m'étais encore jamais vraiment regardée dans un miroir.

— Hein ? s'exclame Babiloune. Elles sont collées l'une à l'autre ? C'est dingue !

— Oui, confirme Pascalini qui s'apprêtait à frapper à la porte. Dites-moi, Babiloune, quel est le terme que vous n'avez pas compris, « discrétion » ou « retenue » ?

— Oui, pardon, chuchote le stagiaire, mais c'est dingue !

— Oubliez discrétion et retenue. Juste taisez-vous.

Pascalini toque. Une fois, deux fois, trois fois. Le rideau s'ouvre (mais pas la porte) sur un numéro bien connu : l'accueil à la Popesco, avec le célèbre timbre de voix d'Appolonie à la tessiture de craie sur tableau noir.

— Qu'est-ce que c'est ?

— Mesdames, c'est la gendarmerie. Pourriez-vous nous ouvrir ? Nous voudrions vous parler de Joseph Zimm.

— Vous avez arrêté la tueuse ?

— Ce n'est pas forcément une tueuse, nous...

— Vous avez arrêté la pas forcément tueuse ?

— Non, justement, nous...

— Qu'est-ce que vous attendez ? Au lieu de nous user le paillasson, vous feriez mieux de vous tirer la matraque du fourreau. On se demande pourquoi on paie des impôts !

— Mesdames, pourrions-nous entrer et...

— Vous avez un mandat ?

— Non, je...

— Il faut un mandat. On est informées, on regarde Netflix.

— Je veux juste vous poser quelques questions, à vous et à votre sœur.

— Ma sœur est occupée. On ne doit pas la déranger.

La tête de Pascalini. Il n'a jamais vu de siamoises en vrai, mais il se doute que Louisette ne doit pas être bien loin. Il commence à comprendre qui est Appolonie.

— Mais... tente mon adjudant.

— *Do you speak english ?*

— Pardon ?

— *Habla español ?*

— Je ne comprends pas...

— Je sais, c'est pour ça que je tente d'autres langues. Demi-tour droite ! C'est clair ou j'essaie le japonais ?

Pascalini est choqué. Ça se voit à sa paupière gauche qui clignote. La gendarmerie se laisse outrager par une vieillarde handicapée. Difficile pourtant de hausser le ton sans heurter les convenances.

— Madame, vous devez être sous le choc de la mort tragique de Joseph Zimm, pourtant je dois insister. Vos témoignages, à votre sœur et à vous-même, pourraient nous être d'une grande aide.

Pascalini est content de lui. Il a réussi à se maîtriser et à montrer son autorité avec doigté. Babiloune peut en prendre de la graine. D'ailleurs, les Popesco apprécient. La douce voix de Louisette tente de calmer sa sœur.

— Sois un peu plus aimable, Appolonie. La gendarmerie ne veut que notre bien.

— Oui, Louisette, tu as raison, il faut être gentille avec ce pauvre garçon. Il ne comprend pas ce qu'on lui dit, il doit faire partie du quota Cotorep de la police. Je vais m'excuser. Inspecteur ?

— Adjudant.

— Nous vous remercions de votre visite et nous vous prions d'agréer, cher monsieur, l'expression de bien vouloir aller vous faire voir ailleurs. Bonne soirée.

L'adjudant accuse le choc. Il sait qu'on ne bouscule pas une femme, encore moins une femme âgée. Alors une femme âgée handicapée, c'est le tiercé gagnant, on s'incline. Les tremblements inquiétants de sa paupière lézardent la carapace du professionnel. Les (potentielles) failles intimes qui font (peut-être) flirter l'adjudant avec l'abîme seraient-elles sur le point d'apparaître dans une mémorable scène de mise à nu psychologique ? Non, c'est trop tôt. Pascalini se détourne de la porte sans un mot de plus et se retire, droit comme un des *i* de humilié.

Petite déception de la narratrice, mais il faut comprendre mon gendarme, nous ne sommes qu'au deuxième jour de l'enquête. Laissons-lui le temps de vivre quelques péripéties assez perturbantes pour fragiliser son équilibre mental et diminuer sa résistance physique, conditions nécessaires au dévoilement poignant des (éventuelles) cicatrices de son (possible) passé douloureux. Je sais être patiente, demandez à mon fauteuil.

— Elle a le droit de lui parler comme ça ? s'offusque Babiloune alors que Pascalini s'éloigne vers l'horizon en traînant la patte tel un cow-boy solitaire tombé de cheval.

Tout est affaire de point de vue. Moi, je trouve qu'Appolonie a été plutôt aimable, par rapport à d'habitude.

Je vois la vie en monstre, le blog de Winona Jane

Épisode 4

Multiplier les expériences dans l'espoir de trouver ma voie, voilà à quoi j'ai consacré les premières années de ma vie active. Comme beaucoup de débutants qui tâtonnent, j'ai cherché un mentor afin de m'inscrire dans de rassurantes traces expérimentées. De ce point de vue, devenir la gâchette d'un mafieux est une bonne option, à condition de posséder une personnalité plus souple que la mienne. On doit être conscient de ses limites, moi j'ai su très tôt que je n'appréciais pas les relations hiérarchiques. Les trois patrons que j'ai enterrés pourraient en témoigner : j'ai l'étoffe d'une autoentrepreneuse.

À cause de la rigidité du système français, je n'ai pas pu bénéficier des services d'un conseiller d'orientation psychologue. Néanmoins, un effort d'autoanalyse m'a fait prendre conscience que je manquais d'esprit d'équipe et qu'une activité en solitaire correspondait davantage à mon caractère. J'ai d'ailleurs tenté de travailler avec un associé, mais ça s'est mal terminé. Surtout pour lui.

J'avais la vocation d'une tueuse en série, le problème était de trouver mon créneau. Donner la mort à son prochain est une chose, donner une cohérence à ses actes en est une autre. Une serial killeuse qui se respecte doit dessiner dans la succession de ses forfaits un plan déterminé. Elle ne peut rien laisser au hasard si elle veut produire du sens.

Au début, mon côté chien fou m'amenait à des crimes assez superficiels qui me font sourire aujourd'hui. J'ai eu ma période blonds aux yeux bleus pendant laquelle je ne traquais que ce type physique bien particulier. Je rêvais de manchettes de journaux titrant sur « La tueuse aux yeux bleus », une vraie midinette. Bien peu original, j'en conviens, on ne risquait pas de me consacrer un biopic à Hollywood. C'est pourquoi j'ai ajouté des contraintes : uniquement des blonds dont le prénom commençait par la lettre B, qui étaient nés en février et dont le code postal comprenait le chiffre 2. Des gamineries adolescentes que j'alimentais en rêvant à une cellule d'enquêteurs travaillant jour et nuit à déchiffrer les signes cabalistiques que je laissais derrière moi.

Naïveté de la jeunesse, si touchante.

11 h 28

Pascalini souhaite poursuivre ses visites aux membres du cirque Britiescu, nous voilà donc devant une maison proprette derrière l'église. Gaston et Nicolaï vivent ici tous les deux, en tout bien tout honneur, entourés des portraits de leurs épouses respectives, disparues il y a près de vingt ans. Une histoire poignante.

Il était une fois deux femmes qui cherchaient souvent des champignons dans la forêt afin de combler leurs gourmands de maris, comme doivent le faire les moitiés qui se respectent. Un jour, elles tombèrent sur un adorable ourson abandonné qui pleurait sous un palmier, à cause du réchauffement climatique. Émues jusqu'au trognon par cet orphelin trop mignon (et par un dérèglement hormonal caractéristique de la ménopause), les deux copines l'avaient adopté, cajolé, caressé, câliné, dorloté. Jusqu'au jour où il les avait bouffées. Fin de l'histoire.

Retour sur Gaston et Nicolaï, les veufs inconsolables. Le colosse a les yeux rougis et le regard dans le vide, comme souvent depuis que son cerveau affiche des

130

performances irrégulières. C'est le nain qui s'exprime pour deux.

— Vous connaissiez Joseph Zimm depuis… entame Pascalini.

— Depuis toujours. Nous étions enfants quand nous sommes entrés dans le cirque de Balthazar. Mais nous n'avons jamais été intimes.

— Alors que vous vous côtoyiez tous les jours à cette époque ?

— Joseph n'avait que du mépris pour nous, et pour les *freaks* en général.

— Il en était pourtant un.

— Justement. C'est sans doute lui-même qu'il détestait le plus.

— J'ai connu un Joseph, intervient Nicolaï. C'était un homme-poisson. Ou coquillage ? Non, un homme-poulpe ! Tu te souviens, Gaston ?

— Oui, Nicolaï, assure Gaston en tapotant la main de son ami.

L'adjudant se racle la gorge.

— Joseph vous a-t-il parlé de problèmes particuliers ? De personnes avec qui il était en conflit ? D'événements qui pourraient éclairer les circonstances de sa mort ?

— Comment ? s'exclame Nicolaï dans un sanglot. Joseph est mort ?

— C'est notre lot à tous, rappelle Gaston en réconfortant son ami. Allez, ça suffit, tu n'arrêtes pas de pleurer depuis ce matin.

— Alors ? insiste Pascalini. M. Zimm vous a-t-il confié des éléments qui pourraient nous aider ?

— Nous ne parlions plus à Joseph depuis des lustres. Il avait un caractère… difficile. Il s'était fait beaucoup d'ennemis. Je crois que vous ne trouverez pas une seule personne au village qui pense du bien de lui. Sa mort ne me surprend pas.

— Comment ? s'exclame Nicolaï. Joseph est mort ?

— Tu devrais retourner dans ta chambre, conseille Gaston.

— C'est terrible, sanglote Nicolaï.

— Oui, la vie est terrible. Heureusement, c'est bientôt fini. Va te reposer.

Le colosse s'éloigne, secoué de larmes.

— Nicolaï n'a plus de mémoire immédiate, explique Gaston. Il n'imprime plus rien.

— Il a l'air très affecté. Il aimait Joseph ?

— Non, il le trouvait insupportable, comme tout le monde. Mais il a oublié qu'il ne l'aimait pas.

— Je vois… Reprenons, si vous voulez bien. Concernant la mort de Joseph…

— J'ai entendu dire que c'est une femme qui l'aurait tué, l'interrompt Gaston.

— À ce stade, nous n'avons aucune certitude. Auriez-vous des informations sur des liens éventuels entre Joseph et une femme ?

Le regard de Gaston se perd dans le vague, éteint.

— Non, finit-il par lâcher.

Difficile de savoir si Gaston est sincère. Je ne suis qu'une détective débutante, mais j'ai l'impression qu'il cache quelque chose.

— Avez-vous une idée de ce qui a pu se passer ?

— Je suis fatigué, adjudant. Le meurtre de Joseph nous a tous ébranlés.

— Comment ? s'exclame Nicolaï revenu au salon. Joseph est mort ?

— Si votre ami pouvait rester dans sa chambre, soupire Pascalini, ça nous faciliterait les choses.

— Vous dites qu'il a été assassiné ? continue Nicolaï en se rasseyant sur le canapé.

— Oui, répond Pascalini.

— Comme Balthazar, alors ?

— Quel Balthazar ?

— Le directeur de notre cirque, explique Gaston.

— Il a été assassiné lui aussi ! s'excite Nicolaï. Il n'y a pas longtemps !

— En 1945, précise Gaston.

— Douze coups de couteau, puis découpé en morceaux ! Je m'en souviens. J'ai une bonne mémoire, moi.

En entendant les révélations du colosse, l'adjudant fait un bond sur sa chaise. Babiloune aussi. Moi presque. Les yeux de l'enquêteur pétillent comme ceux d'un enfant devant un sapin de Noël bio-équitable issu d'une filière de commerce responsable de type circuit court.

— Qu'est-ce que vous venez de dire ?

— Nicolaï est perturbé, s'excuse Gaston. Il faut qu'il se repose.

— Le directeur de votre cirque a vraiment été tué de douze coups de couteau et démembré ?

— Oui, confirme Gaston. C'est moi qui ai trouvé Balthazar. J'avais quatorze ans, ce sont des images qui ne s'oublient pas. Ses restes se trouvaient dans un seau d'aisances.

— C'est quoi, un seau d'aisances ? demande Babiloune.

— C'est l'ancêtre des toilettes, explique Pascalini, soufflé par ce qu'il vient d'entendre.

— Des toilettes ? C'est pas là qu'on a trouvé les restes de…

— Oui, Babiloune, mais laissez plutôt parler ces messieurs.

Gaston hésite, regarde Nicolaï qui repart vers sa chambre en parlant à sa main, puis se retourne vers Pascalini.

— D'après ce qui se dit au village, Joseph aurait été tué de la même manière. C'est vrai ?

— Oui, confirme Pascalini. Ce serait donc le même mode opératoire. Le même crime…

— Soixante-treize ans plus tard, conclut Gaston en se balançant d'avant en arrière sur sa chaise, la mine ravagée par l'angoisse.

Pascalini se tourne vers moi.

— Vous étiez au courant pour Balthazar, Julie ?

Je réponds que non, Gaston intervient :

— Cela s'est passé il y a si longtemps. Les gens ont oublié.

L'adjudant se dresse, tout son être de gendarme galvanisé par la révélation.

— Quelqu'un s'en est pourtant souvenu pour reproduire le crime à l'identique. Joseph a été assassiné de la même manière que Balthazar.

Alors une voix pleine de sanglots emplit la pièce :

— Comment ? Joseph est mort ?

Bon, Nicolaï pleure, Gaston s'angoisse, on a compris le principe. Gros moment d'émotion à fort potentiel racoleur, des confrères nous en tartineraient des pages. Comme il me reste un peu de pudeur, j'abrège. Reprenons la narration alors que les gendarmes, mon fauteuil et moi avons regagné la rue et son soleil de plomb. Dans un polar, il faut du rythme.

Je digère ce que je viens d'entendre. Balthazar émietté comme Joseph... Deux personnes liées au cirque Britiescu mortes dans les mêmes circonstances à plus de soixante-dix ans de distance... La coïncidence est impossible.

— La référence à Balthazar est explicite, le criminel a signé son forfait, confirme Pascalini. Le tueur...

— Ou la tueuse, intervient Babiloune.

— Oui, la personne responsable des meurtres connaît les conditions dans lesquelles le directeur du cirque a trouvé la mort. Soit parce qu'elle était présente lors du meurtre originel, et alors il s'agit de l'un des cinq survivants, soit parce qu'elle a entendu parler de ces détails particuliers.

Il est l'heure de remplir ma fonction d'adjuvant de la maréchaussée. Je l'informe que Lucette Chabal m'a laissé entendre qu'elle savait quelque chose, hier matin, après la découverte du corps de Joseph. En considérant ce que nous venons d'apprendre, je pense qu'elle faisait référence aux circonstances du meurtre de Balthazar Britiescu. Elle est la fille de la femme à barbe. Sa mère lui en a peut-être parlé ?

— Chabal ? C'est la femme au carton ?

— Oui. Sexy Moustache.

135

L'adjudant lâche un soupir et se renfrogne avant de me demander de le conduire chez la susnommée. Je le sens fragile, le Pascalini. Un rien l'assombrit.

Bientôt la révélation des failles intimes qui le font flirter avec l'abîme ?

Je croise le doigt (on fait avec ce qu'on a).

12 h 10

L'enquête avance vite, Pascalini aussi, je me mets au diapason et passe la troisième. C'est épatant, ces investigations. J'espère que le dénouement n'est pas trop proche, j'ai envie de m'amuser encore un peu.

L'inquiétude monte alors que nous arrivons devant la porte de Lucette. Imaginons qu'elle connaisse le nom du coupable ou que – coup de théâtre – elle avoue être l'auteur du crime et l'histoire se terminerait brutalement. Clôture de l'enquête, fin de mon récit. Plus frustrant, tu meurs.

Je prie saint Gilles l'Ermite, patron des estropiés, des malades mentaux et des mendiants, et je suis exaucée. Pascalini a beau frapper comme un sourd, personne ne vient nous ouvrir. Il pose son oreille contre la porte, tente de regarder à travers les volets. Pas de bruit, pas de lumière, pas de Lucette. Résolution reportée. Ouf.

L'adjudant se renseigne auprès des voisins, personne n'a vu la fille de la femme à barbe, et tout le monde s'en félicite. Un peu de repos visuel, on mange quand même de meilleur appétit.

137

En revanche, les gens sont ravis de rencontrer Pascalini, un enquêteur, un vrai, même si moins beau qu'à la télé (et cet uniforme bleu, décidément c'est pas possible). Chacun cherche à le faire entrer pour a) boire l'apéro ; b) lui remettre des preuves de son innocence ; c) donner son avis sur le coupable (pour les migrants, tapez 1). L'adjudant arrive à s'échapper en jurant de revenir très vite. Tant pis pour Lucette, on verra ça plus tard.

L'heure du déjeuner approche. Babiloune ne dit plus rien, terrassé par l'un des ennemis les plus sournois du gendarme : l'hypoglycémie. Il est temps de nous rapatrier vers le bistrot Riffard afin de prodiguer au stagiaire des premiers soins à base de bretzels. Mais il va falloir attendre un peu, car une foule nous attend devant l'*Hôtel du Haut-Gévaudan* ressuscité. Une foule qui fait grise mine, avec mon père à sa tête. Du ton sur ton.

Il s'est passé quelque chose de grave, c'est évident. Soit l'ASM Clermont Auvergne a encore perdu un match, soit... Le groupe s'écarte pour laisser la place à Jean-Claude Musson, le mari mal réveillé de Valentine la somnambule. Je pile de surprise sans regarder dans mon rétro. L'estomac de Babiloune lance un gargouillement inquiétant. Même Pascalini, le pro des pros, se fige.

Le visage de Jean-Claude est ravagé par les larmes, le reste de son corps est couvert de sang. Que s'est-il passé ? D'où provient cette débauche d'hémoglobine ? Un flot d'interrogations et une seule certitude : la chemise de Jean-Claude est fichue.

Le rouge envahit la scène. On tiendrait là un rebondissement que ça ne m'étonnerait pas. Ça nous fait un chapitre un peu court, mais on s'adapte.

19 h 49

La mort de Valentine Musson, sauvagement assassinée comme Joseph, a jeté un froid sur Margoujols. Le soleil s'est éclipsé par compassion, les nuages ont débarqué en troupeau, et une bise vicieuse m'a invitée à passer une écharpe. On a déjà deux morts, on va s'éviter l'angine.

Qu'une crapule comme Joseph Zimm se fasse découper en morceaux, ça n'a pas plongé le village dans une irrémédiable affliction. Mais qu'on s'en prenne à Valentine Musson, voilà qui crée un choc. Bien sûr, les commérages de l'après-midi n'ont pas manqué de rappeler que Valentine était la fille de l'homme-éléphant, rejeton de monstre, et que les éléphants ne font pas des chats. Mais qu'on le veuille ou non, Valentine était « normale », c'est-à-dire névrosée, phobique, dépressive, déçue par son couple, en recherche éperdue d'affection, comme tout le monde.

Tant que c'est le monstre qu'on assassine, le bon citoyen se sent en sécurité. Au fond, l'anormal l'a bien cherché, à toujours faire le malin avec ses difformités. En revanche, quand on commence à trucider les

139

honnêtes contribuables, le frisson de l'angoisse devient nettement moins délicieux.

Au terme d'un après-midi d'investigation, Babiloune me fait un compte rendu sur la place de la mairie. Nous nous mettons à l'écart de la foule qui attend de pied ferme des explications de l'adjudant, ou du maire, en tout cas d'un représentant de l'État rémunéré sur la hausse de la CSG. Moi, j'ai droit aux infos en avant-première. Grâce à mon sex-appeal, j'en fais ce que je veux du stagiaire.

— Quand M. Musson s'est réveillé ce matin, sa femme n'était pas dans le lit. Il l'a cherchée toute la matinée et a fini par la découvrir dans une grange, atrocement mutilée. C'est votre père qui a trouvé ensuite M. Musson sur les marches de la mairie, couvert du sang de sa femme qu'il a essayé de ranimer.

— Des indices ?

— Rien pour l'instant. Pas plus de traces que chez Joseph Zimm.

— Valentine a reçu des coups de couteau ?

— Comme Joseph. Poignardée et découpée en morceaux.

— Jean-Claude a essayé de ranimer les *morceaux* de Valentine ?

— On n'a plus toute sa tête quand votre femme a perdu la sienne.

— Pas mal, Babiloune, vous progressez en réplique de flic.

— Merci. Je bosse pour l'examen de sous-officier.

Pendant que le stagiaire s'en va rejoindre l'adjudant, les questions arrivent en grappes à propos de la tueuse (dans le doute, j'ai décidé que ce serait une femme,

140

soyons féministe jusque dans l'horreur). Comment expliquer le meurtre de Valentine ? La meurtrière a-t-elle une liste de proies ou bien Valentine est-elle une victime collatérale, un témoin gênant à éliminer ? Avait-elle vu ce qu'elle n'aurait pas dû voir pendant sa balade nocturne ? Quand je l'ai entendue discuter avec Lucette hier soir, elle se vantait d'avoir aperçu la femme au visage pâle et espérait avoir de nouveaux flashs pour la confondre... Et si l'info était tombée dans la mauvaise oreille ? Et si la tueuse avait compris que Valentine constituait une menace ?

À qui d'autre que sa demi-sœur Valentine a-t-elle parlé ? Et Lucette, où est-elle passée ? Elle qui aime tant fouiner, elle n'est pas sur la place de la mairie avec le reste du village à se faire du bien dans la communion du commérage. Elle ne se trouvait pas non plus chez elle quand Pascalini a voulu l'interroger à midi. Où es-tu, Lucette ?

Ce sont les questions que je me pose alors que mon adjudant traverse la place, le visage fermé. Le mécontentement gronde sur les thèmes traditionnels des impôts-qu'on-se-demande-à-quoi-ils-servent et des flics-qu'on-se-demande-la-même-chose, mais Pascalini n'entend point la populace. Il évolue dans d'autres sphères, faites d'obscurité, de fange et de viscères. Il a une enquête à mener, il s'engouffre dans l'*Hôtel du Haut-Gévaudan*. J'ai un récit à écrire, je le suis.

Sous les lustres de la salle de restauration, le gendarme affiche un teint blafard et des rides creusées qui me font plaisir. Encore quelques efforts et il pourrait se rapprocher du détective épuisé par la vie sans lequel il n'est pas de bon polar. Il est fatigué, c'est bien, mais ce qui est encore mieux, c'est que l'heure de se reposer est loin d'avoir sonné pour lui.

Une ambiance étrange règne en ces lieux d'ordinaire dédiés à la dégustation des spécialités de Magali, l'aligot-saucisse et la plainte douloureuse. Devant le paravent qui protège l'espace investigation, huit chaises sont occupées. Ces messieurs-dames sont plongés dans la lecture de magazines disposés sur une table basse. Il ne manque qu'une affiche sur la prévention des mycoses pour se croire chez le médecin.

— Ils sont là pour vous, mon adjudant, susurre Magali, les faux cils en position homicide.

— Que veulent-ils ? s'inquiète Pascalini pendant que Babiloune, blanc comme un linge blanc, se met sous perfusion de pistaches.

— Ils veulent témoigner. Vous parler en tête à tête, en face à face, dans l'intimité de deux corps qui se rapprochent…

Petit flottement chez l'adjudant. Le mâle hormono-dépendant est-il en train d'affleurer sous la carapace du fonctionnaire zélé ? Va-t-il détecter dans les signaux pudiques envoyés par Magali son envie touchante de nouer une relation amicale sincère et plus si affinités ? On ne le saura jamais car les témoins s'impatientent.

— Je suis la première, affirme Yvette Bernicola. *Primus inter pares.*

— *Secundus !* lance Nicole Troucelier.

— C'est du latin, explique Yvette à l'assemblée.

— Les handicapées devraient être prioritaires, geint Martine Bonnafous.

— C'est pour ça qu'on commence par Yvette et Nicole, ricane Pierrot Charbonnier.

142

Ces dames du club de Scrabble s'offusquent à grand bruit, les noms d'oiseaux volent, ceux de cochons aussi.

— N'empêche, j'ai mon diabète, gémit Martine.

— Et moi, je suis enceinte, lâche Pierrot en caressant sa bedaine.

— Tu es grotesque, souffle Yvette.

— Tu dis ça parce que tu es ménopausée, jalouse.

Reprise des échanges fleuris, les noms de phacochères prennent leur envol, Pascalini juge enfin opportun d'intervenir :

— Du calme, s'il vous plaît. J'auditionnerai uniquement ceux qui ont des éléments concrets liés à l'enquête. Je vais demander aux autres de quitter les lieux.

— Moi, j'ai du concret, affirme Yvette. *Primus inter…*

— J'ai vu quelqu'un devant chez Valentine la nuit dernière ! la coupe Nicole.

— Moi aussi, renchérit Pierrot. J'ai vu Nicole.

— Quel menteur ! s'offusque Nicole. Moi aussi, je peux dire que je t'ai vu si je veux !

— Oui, mais je l'ai dit en premier. *Primus inter patates.*

— Moi, j'ai vraiment aperçu une personne suspecte dans la rue de Valentine, reprend Yvette, mais je n'en parlerai qu'à l'adjudant.

— Pareil, intervient Martine. Sauf que moi j'ai vu *deux* personnes. Et *très* suspectes.

— Et moi, huit personnes avec des couteaux entre les dents ! s'exclame Pierrot. Qui dit mieux ?

Pierrot lève les bras en vainqueur, le bistrot s'esclaffe, l'autorité de la gendarmerie chancelle, Pascalini se décide à pousser un coup de gueule, totalement inopérant. Après avoir constaté les limites de la manière forte, il opte pour la faible, qui fonctionne en général beaucoup mieux : il annonce qu'il va auditionner tout le monde. La joie envahit les cœurs.

Sous le poids de l'enthousiasme populaire, Pascalini nous fait un tassement de vertèbres. La tête dans les épaules, il invite Nicole à le suivre dans l'espace investigation. J'aurais bien aimé m'y faufiler pour jouer la petite souris aux grandes oreilles… Un peu de patience, j'ai toujours ma source babilounienne.

Je suis contente que mes concitoyens s'occupent de Pascalini et me le pétrissent un peu, ce gars trop lisse. Une grosse nuit sans sommeil et ce sera enfin un homme, mon adjudant. Comme quoi, un bon personnage, c'est du boulot.

22 h 04

Je quitte l'*Hôtel du Haut-Gévaudan* après avoir soutiré à Babiloune les informations apportées par les huit témoins de la soirée. Selon mon stagiaire préféré, les auditions ont donné lieu à quelques échanges d'anthologie qui auraient pu animer mon récit, mais dont il va falloir se passer. C'est toujours pareil avec le point de vue narratif interne : des ellipses, des zones d'ombre, des trous dans l'histoire, et c'est le lecteur qui trinque.

Concernant notre enquête, ce qui ressort c'est qu'il y avait beaucoup de monde dans les rues cette nuit, pendant que Valentine était assassinée. Il a fait chaud, on était excité par la mort de Joseph, on a eu du mal à dormir, on s'est promené... Dans un souci de participation civique à la résolution de ce dysfonctionnement social qu'est le meurtre avec acte de barbarie, tout le monde a dénoncé plus ou moins tout le monde, car la délation est un excellent moyen pour régler les contentieux de voisinage, l'Histoire l'a prouvé. Un nom s'est cependant détaché dans les témoignages, cité à de nombreuses reprises. Celui d'une femme aperçue devant

145

la grange, plusieurs fois au cours de la nuit. Lucette Chabal.

Notre chère Lucette, que personne n'a revue aujourd'hui.

Je file dans les rues de Margoujols sur mon véhicule tout-terrain. Pour moi qui suis d'ordinaire au lit à vingt heures trente devant une série télé, j'ai enchaîné deux soirées de folie à plus de vingt-deux heures. *This is the rythm of the night*, on nage en pleine débauche.

La lune jette sa lumière froide sur des promeneurs aux allures spectrales. Les villageois sont nombreux à se balader, comme s'ils voulaient retarder le moment de se retrouver entre leurs quatre murs et, qui sait, à la merci de la tueuse... La rue est rassurante. Les statistiques sont formelles, on y meurt bien moins que chez soi.

Je croise le vieux Maurice Delforn qui me gratifie de ses chicots et me propose généreusement le bonbon à la menthe qu'il vient de retirer de sa bouche. Je le remercie d'un coup de klaxon imitation braiment de mulet. C'est le seul soupirant que j'ai eu de ma vie, j'en prends soin.

Je tombe ensuite sur les Beekmans, affalés sur un banc, plus blafards que jamais. Ils ne me voient pas, ça nous fait des vacances. Leurs visages sont tournés vers la voûte étoilée pour une séance d'interrogations existentielles : « Est-il bien raisonnable de céder à l'instinct de reproduction ? », « Les enfants peuvent-ils être l'instrument d'une punition divine ? » ou encore « Immoralité de l'infanticide : mythe ou réalité ? » Pas de traces de leur progéniture en revanche. Soit les petites sont déjà au lit, et leurs parents prennent l'air pour calmer leurs pulsions suicidaires ; soit elles ont été lâchées sur le village, telles des minivampires hantant la nuit, afin de s'épuiser sur d'autres victimes que leurs géniteurs. Dans le doute, prudence.

Un peu plus loin, j'avise une belle brochette devant la porte des sœurs Popesco. Pietro, Nicolaï et Gaston. La lune sculpte leurs traits en profils gargouillesques. Folle ambiance. Je les salue d'un coup de klaxon de cacou marseillais.

— Bonsoir Julie, lance le trio funèbre.

— Salut les beaux gosses, réponds-je avec ma voix de gouailleuse parisienne à la Arletty. Je sors d'une partouze chez Magali. Les gendarmes étaient déchaînés, je tiens plus debout.

Le trio rigole. Les yeux restent tristes, mais j'ai réussi à les dérider.

— Vous avez joué à la dînette chez les siamoises ?

— Elles ont refusé de nous voir, explique Pietro.

— Pas exactement, tempère Gaston. Elles ont dit qu'elles n'ouvriraient à personne tant qu'une tueuse rôderait dans les rues de Margoujols. Elles sont juste prudentes.

— Appolonie nous a quand même conseillé d'aller nous faire tâter la prostate par l'adjudant, rappelle Pietro.

— Normal, dis-je. Je l'ai toujours connue en train d'aboyer.

— Appolonie a un sale caractère, mais on aurait aimé parler de la mort de Joseph.

— Comment ? s'étrangle Nicolaï. Joseph est mort ?

— C'est le passé qui est mort, lâche Gaston.

— Non, rétorque Pietro. Le passé est bien vivant. Tu le sais.

— Balthazar a été enterré avec ses secrets, tranche Gaston d'un ton sec. C'est fini.

Pietro et Gaston échangent des regards entendus auxquels je n'entends rien, et Nicolaï non plus manifestement. Je demande ce que Gaston a voulu dire, personne ne me répond. Pourquoi parle-t-il des « secrets » de Balthazar ? On fait comme si je n'étais pas là. Merci, c'est agréable.

— Il se fait tard, constate Nicolaï en essuyant ses larmes.

— Et on se fait vieux, ajoute Gaston.

— Bonne nuit, Julie, conclut Pietro.

Je salue et repars, perplexe. Les membres du *freak show* savent des choses dont ils ne veulent pas parler, c'est évident. Connaissent-ils l'auteur des meurtres de Joseph et de Valentine ? Que sous-entendait Pietro en disant « Le passé est bien vivant » ? Ça me rappelle ce que m'a raconté Lucette hier matin. Selon elle, une force maléfique surgie du passé serait responsable de la mort de Joseph... Il y a un secret là-dessous. Un secret lié au cirque Britiescu, et jalousement gardé.

Tant mieux, j'adore les secrets jalousement gardés. Moi-même, j'en ai un en stock. Un incroyable secret que personne ne peut soupçonner et qu'il est temps que je révèle ici. Voilà : je ne suis pas tétraplégique, je fais semblant de me baver dessus. Je joue la comédie depuis des années, comme Keyser Söze dans *Usual Suspects*, pour mener à bien mon projet diabolique qui fera de moi le maître du monde, ha ha ha ha haaaaaaaaaaa (rire de savant fou).

148

Bien. Après cette tentative de coup de théâtre pitoyable qu'il faudra que je pense à effacer de mon manuscrit final, je me décide à reprendre la route. La maison Creyssels n'a pas l'habitude que j'aille guincher jusqu'à pas d'heure, on doit languir de me changer ma couche. Glamour, quand tu nous tiens...

Avant de relancer la machine, je jette un coup d'œil discret par l'entrebâillement des volets des sœurs Popesco. Juste le temps d'apercevoir une main rageuse qui tire les rideaux. Sans doute celle de la sombre et colérique Appolonie. J'ai toujours plaint la douce Louisette, obligée de vivre avec un être insupportable dans sa propre chair. Jamais un moment de solitude, jamais un instant pour soi, l'horreur. Et avec ça, jamais d'intimité, même pour la douche ou les toilettes. Affreux.

Quoique, si on y réfléchit, c'est un peu ce que je vis depuis toujours...

Alors que j'approche de la demeure parentale, j'aperçois une ombre se faufiler au loin. Tiens, tiens, une revenante... Voûtée, bossue, tordue, c'est la silhouette bien connue de Lucette Chabal. Où était-elle passée aujourd'hui alors que Pascalini souhaitait l'interroger ? Elle se promène de nuit et ce n'est pas son genre. Chacun sait que la moustachue se couche tôt, juste après *Plus belle la vie*, dont les incroyables péripéties, révélations et chausse-trappes lui donnent des vapeurs que seule la position allongée parvient à calmer. Il me reste un peu de batterie et beaucoup de curiosité. Je fais pivoter mon fauteuil et repars. Mission filature.

Lucette porte une pelure à poils longs qui pourrait faire croire au retour de la Bête du Gévaudan. Elle rase les murs, évite les lampadaires, se dissimule dans l'ombre au moindre bruit et s'enveloppe l'appendice pileux dans son foulard lorsque la lune se fait intrusive. Je ne veux pas trop m'avancer, mais je me laisse aller à soupçonner que Lucette ne souhaite pas être vue. Mon instinct de détective s'aiguise.

Sa destination m'explique finalement la raison de ses précautions. Lucette gagne les hauteurs du village, laisse derrière elle les dernières fermes et s'arrête enfin devant une porte en fer rouillée qui grince juste ce qu'il faut pour l'ambiance. Nous sommes devant le cimetière de Margoujols.

Perché sur une butte dominant le bourg, notre cimetière rappelle aux vivants combien sont vaines leurs agitations, absurdes leurs contrariétés, ridicules leurs rêves. Et, bien sûr, tout le monde s'en fout. Depuis quelques années, les jalousies villageoises se sont cristallisées dans une course effrénée au standing funéraire. Les familles ne lésinent devant aucune dépense pour soigner leur éternité. Papa a dû intervenir afin de limiter les excès architecturaux, certains consacrant leurs dimanches à agrémenter leur dernière demeure de tourelles, colonnades, fresques, jets d'eau, jardinets et piscinettes. Un arrêté municipal a stoppé net les ambitions de Clovis Bernicola, qui souhaitait rehausser son tombeau d'une famille d'autruches empaillées, et celles de Gabriel Troucelier, qui se voyait bien pousser la chansonnette posthume grâce à une sono 2 × 800 watts.

Lucette vient de rejoindre notre nécropole bourgeoise en pleine nuit. Dans quel but ? Elle fait un signe de croix, pousse la porte et disparaît. Problème. Si l'entrée officielle, close la nuit, est accessible aux handicapés, la porte que vient d'emprunter Lucette ne l'est pas. C'est un scandale, j'en parlerai à monsieur le maire au p'tit déj.

Me voilà bloquée à deux marches du mystère. J'étais pourtant bien partie pour une scène de filature nocturne dans un cimetière, de quoi accrocher mes lecteurs. Ce n'est pas la pleine lune, mais on aurait pu faire semblant. Il n'est même pas onze heures, mais j'aurais pu écrire minuit sans que personne moufte. La cloche dysphonique de notre église aurait pu entonner son chant funeste. Quelques chats noirs et chauves-souris auraient été convoqués pour animer le tableau. Tous les ingrédients étaient réunis pour réussir un épisode original enrichi de descriptions sépulcrales ciselées et de notes d'humour noir distillées avec soin. Mais voilà, je reste à deux marches du cimetière, du succès littéraire, de l'adaptation cinématographique, du grand prix de littérature policière et de mon épanouissement en tant qu'écrivain à roulettes. En plus, il se met à pleuvoir des cordes. Quel gâchis.

On est peu de chose. Surtout moi.

Qu'est-ce que Lucette mijote ? La question tourne dans ma tête alors que je reprends le chemin de la maison en priant pour que la pluie ne grille pas ma batterie. J'ai essayé de scruter l'obscurité, mais la moustachue s'est évaporée, dévorée par les ombres envoûtantes du camping des trépassés dont les caveaux ourlés de crénelures lozéro-ioniques dentellent le voile de la nuit en arabesques gaufrées (j'espère qu'on arrive à visualiser, je débute dans la description sépulcrale ciselée).

Au moment où j'arrive chez moi, trempée jusqu'au moteur, je me dis que je pourrais peut-être avertir Pascalini que Lucette est en train de folâtrer au cimetière. Puis je pense à autre chose... J'écris un récit policier, ce n'est pas mon intérêt qu'il se termine tout de suite. Chacun son boulot, non ?

Je vois la vie en monstre,
le blog de Winona Jane

Épisode 5

Comme tout actif, la tueuse en série est confrontée à la question de la réalisation personnelle dans le cadre de sa profession. Notre génération est celle du mouvement, rien ne nous inquiète plus que l'ombre de l'ennui qui plane sur nos activités. Nous souhaitons une progression de carrière, nous voulons nous réinventer à temps régulier, nous exigeons de nous épanouir. Or quoi de plus répétitif que des meurtres ? Les mêmes corps, les mêmes cris, les mêmes plaintes. Puis le même silence.

J'ai pris soin, tout au long de mon parcours professionnel, de fuir la sclérose du geste en explorant des voies nouvelles. Je garde par exemple beaucoup d'affection pour ma période humaniste. Pourquoi une tueuse en série n'agirait-elle pas pour le bien public en supprimant des tueurs d'enfant, des violeurs, des tortionnaires, des producteurs d'émissions de télé-réalité ? Saveur du contre-pied, pirouette morale, excitation des frontières troublées : j'ai vécu cette époque avec une grande jubilation. Sauf qu'éliminer des malfaisants, c'est ce que fait le personnage de Dexter dans les romans de Jeff Lindsay... Quand la série télévisée adaptée des aventures de ce serial killer d'exception a connu le succès, j'ai dû changer de cap. Le label « vu à la télé », très peu pour moi. On a son amour-propre.

J'ai traversé ensuite une période métaphysique. Un peu de transcendance apporte une incontestable plus-value à des crimes en série. La religion ne m'a jamais intéressée, je n'allais pas truffer mes actes de versets de la Bible ou de mantras d'obscurs chamans. En revanche, la notion de hasard me titillait. J'ai donc entrepris une série de meurtres en forme de chaîne d'inimitié. Avant de tuer quelqu'un, je lui offrais la possibilité de choisir lui-même la victime suivante que je m'engageais à éliminer quoi qu'il puisse m'en coûter en frais de déplacement. Ainsi, j'accordais un dernier plaisir au futur défunt en lui donnant la certitude qu'un de ses pires ennemis le suivrait dans la tombe. Maigre consolation peut-être, mais j'ai souvent perçu dans les yeux de mes victimes une lueur de gratitude. Bien sûr, des petits malins me désignaient comme prochaine cible et m'invitaient au suicide. Ce furent de bons moments de rigolade.

La dimension métaphysique qui faisait de ma victime la complice, et même le commanditaire de mon prochain meurtre, ne manquait pas de piquant. Là, j'ai ressenti l'ivresse de la créatrice touchant du doigt l'inédit, l'inconnu, le vertigineux. Pour la première fois, j'ai pris conscience de ce que j'étais au fond de moi.

Une artiste.

Jour 3

8 h 15

Au petit déjeuner, papa n'est pas content. Il ne touche pas à la biscotte de marmelade d'orange qu'il ingurgite tous les matins depuis sa naissance, comme il sied aux hommes de tradition à l'élégance lozéro-british. Il affiche la mine des mauvais jours, qui ressemble beaucoup à celle des bons jours, biscotte de marmelade en moins. Le voilà qui rabroue notre bonne Thérèse, au service des Creyssels depuis les croisades, parce qu'elle tente d'obtenir des détails sur les meurtres avec un peu trop d'insistance.

— On ne plaisante pas avec la mort, Thérèse ! Il y va de notre humanité.

De notre humanité, sans doute, mais aussi de sa réélection. Car papa incarne la figure de l'autorité, le garant de la tranquillité publique. S'il n'est pas content, ce n'est pas parce que sa fifille est rentrée à pas d'heure après avoir fait des folies de son corps, non, c'est parce qu'il lui revient, je cite, « d'éviter à Margoujols de sombrer dans le déchaînement de violence que la modernité inflige à ses enfants comme le montrent les chaînes d'information en continu qui s'enivrent de la compilation anxiogène des faits divers les plus sordides ». Bref, un meurtre d'homme-homard, ça va. Une éviscération d'honnête administrée, c'est plus compliqué à gérer.

— Monsieur le maire ? Excusez-moi de vous déranger.

À la porte de la salle à manger apparaît Gaëtan Siffloux, complotiste en chef, dont l'eczéma purulent atteint un niveau de ligue professionnelle.

Je ne salue pas l'intrus, car mon attention est tournée vers la bouillie grumeleuse dont on me nourrit tous les matins depuis plus de vingt ans (une date que nous avons fêtée avec une bonne assiette de bouillie grumeleuse). Papa foudroie Gaëtan du regard, il a besoin d'un exutoire à sa contrariété après les meurtres commis sans sa permission sur le territoire communal. En bon complotiste habitué à se méfier des apparences et à prendre le contre-pied des vérités officielles, Gaëtan lit le foudroiement de regard comme une invitation à insister.

— Il faut que vous veniez au cimetière, monsieur le maire. C'est urgent.

Au cimetière ? Mon attention est titillée par l'évocation, mon oreille se dresse, mon majeur frétille, ma traîtresse de bouillie en profite. Pendant que je m'interroge sur la possibilité d'un lien entre la visite de Lucette aux défunts et celle de Gaëtan aux Creyssels, elle s'amuse à dégouliner sur mon tee-shirt.

— Qu'est-ce qu'il peut bien y avoir d'urgent dans un cimetière ? réplique mon père pour signifier à Gaëtan qu'il lui brise les biscottes.

— Monsieur le maire, geint le pauvre diable en tordant ses mains croûteuses, *on* a profané un tombeau ! *On* a ouvert un cercueil ! *On* s'acharne sur Margoujols.

Notre vieille Thérèse pousse un cri hystérique qui pourrait lui valoir de sévères récriminations de la part des féministes luttant contre les caricatures. C'est le message que fait passer mon père en lui décochant un regard à faire tourner la marmelade. La surprise me scotche à mon fauteuil, mais personne ne voit la différence. Un cercueil profané ? Voilà qui devient passionnant. Je suis si excitée que ma bouillie ne se sent plus de joie et ambitionne de se frayer un chemin jusqu'à mes chaussettes.

— Quel cercueil ? lance papa en se dressant sur ses ergots.

— Celui du Roumain. Le gars du cirque, dans l'ancien temps.

— Vous voulez dire le directeur de la foire aux monstres ? Balthazar Britiescu ?

— Voilà, Machinescu ! Depuis le temps que je dis qu'il faut se méfier des Roms, morts ou vifs. Il paraît même qu'*on* lui aurait planté un pieu dans le cœur !

— Jésus, Marie, Joseph, le bœuf et l'âne ! s'exclame Thérèse en vidant une palette de signes de croix à la vitesse de la lumière.

C'est dans des moments pareils que je regrette de ne pouvoir applaudir. Ça c'est du petit déj. Une bonne journée qui commence avec du matériel extrafin pour lancer la deuxième partie de mon récit policier. Un cercueil profané et une rumeur de Roumain vampire ! Même si soixante-dix ans après la mort de Balthazar il ne doit pas rester grand-chose pour planter du pieu, ça reste du pain bénit pour une détective-amatrice apprentie-narratrice.

Mon père se rue hors de la salle à manger avec Gaëtan sur ses talons. Je m'élance à leur suite alors que Thérèse s'inquiète de ma tenue. Oui, j'ai de la bouillie partout sur moi. Oui, on va me regarder bizarrement dans le village. Mais, entre nous, ça ne devrait pas changer radicalement mon statut au sein de notre communauté.

8 h 33

Tout le village est agglutiné devant la grille du cimetière maintenant accessible à mon fauteuil. Babiloune filtre les entrées avec ses petits bras pas musclés. Il parlemente avec les filles Beekmans qui sont venues avec des pelles et des seaux, alléchées par la perspective d'un atelier profanation. Il s'écarte pour laisser passer mon père, m'adresse un signe amical, puis reprend sa position martiale face à la populace, jambes écartées, mains dans le dos et écouteurs d'iPhone aux oreilles pour la communication avec les services secrets.

Les Margoujolais me regardent passer en silence et je ne peux m'empêcher de penser que la tueuse et ses éventuels complices sont parmi eux. J'essaie de lire sur les visages un tic suspect, un geste ambigu, un signe anormal, mais c'est compliqué : ces gens m'ont toujours paru anormaux. Jean-Claude Musson et son veuvage tout neuf, Gaëtan Siffloux et son célibat tout vieux, Grégoire Thérond, Pierrot Charbonnier, les frères Castan, Gabriel et Nicole Troucelier, Clovis et Yvette Bernicola, Magali et Michel Riffard, et des dizaines d'autres... Il ne manque que Pietro, Gaston et Nicolaï. Trop vieux, trop fatigués ou trop perturbés par les fantômes du passé.

Quand la meurtrière se fera-t-elle arrêter ? Pas trop tôt j'espère, dans l'intérêt de ma narration ; pas trop tard non plus pour éviter à mon lecteur de préjudiciables longueurs. Une inquiétude s'insinue dans mon esprit. Et si on ne la démasquait pas, cette meurtrière ? Ce sont des choses qui arrivent, beaucoup d'affaires ne trouvent jamais leur dénouement. Même si certaines tiennent en haleine le public pendant des décennies, on ne peut souhaiter ce cas de figure quand on se pique de jouer les écrivains. Je n'ose imaginer la tête du lecteur si je devais lui annoncer au bout de trois cents pages que l'assassin restait inconnu, que les gendarmes s'avouaient bredouilles et que l'affaire de Margoujols demeurerait un mystère. Un auteur a-t-il déjà osé faire ça ? Je dois avouer que plus j'en parle, plus ça me fait envie… Difficile de lutter contre son mauvais esprit.

Autre solution, je pourrais inventer un coupable. C'est moi qui raconte, je fais ce que je veux. Un nom me vient à l'esprit, bien sûr : papa. L'impassible notable qui s'offrirait des sorties nocturnes pour exprimer sa bouillonnante facette créative bridée par l'exercice rébarbatif de la gestion communale. Je vois d'ici la scène de révélation à la Hercule Poirot. Pascalini désignerait le maire devant ses administrés consternés. Profitant de la stupéfaction générale, papa me prendrait en otage pour montrer que je peux parfois servir à quelque chose. S'ensuivrait une séquence de poursuite, papa et moi sur le fauteuil électrique, les gendarmes sur le skateboard de l'homme-tronc. Enfin, dans un final étourdissant, papa chuterait dans un précipice après

164

avoir tiré sur Pascalini, sauvé *in extremis* par Babiloune qui prendrait une balle à sa place. Thème porteur de la transmission filiale, jeux de regards très cinématographiques et répliques finales avec distanciation tout en second degré :

— C'était ma balle, Babiloune.

— C'est le métier qui rentre, mon adjudant.

The End.

Mouais. Plus j'y pense, plus ça sonne déjà-vu. Papa coupable, ça ne serait pas bien sidérant comme révélation. Ne pas oublier que le lecteur contemporain est beaucoup plus exigeant que celui des polars d'antan qui était prêt à se satisfaire d'un dénouement pépère. Aujourd'hui, il faut que ça monte en intensité jusqu'à la surprise de dernière page qui vous prend, vous retourne et vous donne le frisson. Le *twist* final, c'est l'orgasme postlibération sexuelle : tout le monde y a droit, chaque fois.

Pour réussir ma fin, il me faudrait quelqu'un d'insoupçonnable. Le genre à bon Dieu sans confession. Pascalini ? Un schizophrène en uniforme, sorte d'auto-entrepreneur du crime qui créerait sa propre activité pour justifier son existence professionnelle ? Ça, c'est déjà mieux, mais on pourrait aller plus loin encore… avec Babiloune. Oui ! Là, je suis sûre que personne n'y aura pensé. Le gentil second rôle métamorphosé en Mister Hyde qui nous offrirait une morale sur la vraie monstruosité qui est intérieure, sur la différence physique dont il ne faut pas avoir peur, et sur les gens comme moi qui… Oh là là, dans quoi tu t'embarques, ma pauvre Julie… Pitié, pas de morale sirupeuse à cette histoire. Continue à refouler la niaiseuse qui est en toi sous un cynisme de bon aloi. Un peu de pudeur, s'il te plaît.

Revenons plutôt sur le plancher des vaches, en l'occurrence la terre des morts, puisque c'est le cimetière que je traverse, direction la tombe de Balthazar. Un retour vers le passé, vers le monstre originel, celui par qui tout a commencé.

Pascalini parle au téléphone. À côté de lui, Martine Bonnafous pousse des soupirs théâtraux à destination de son public à la grille. C'est elle qui a trouvé la tombe profanée alors qu'elle fleurissait celle de son mari détesté pour le remercier de son départ prématuré.

— Bonjour, monsieur le maire, salue Pascalini en raccrochant.

— Adjudant. Que s'est-il passé ?

— Le cercueil de Balthazar Britiescu a été ouvert. La terre a été facile à enlever car il pleuvait des trombes d'eau hier soir et le cercueil avait été enterré peu profond à l'époque.

— Pourquoi aurait-on fait ça ?

— J'allais vous poser la question. On ne s'ennuie pas dans votre village.

Je m'approche de la tombe. Je n'ai pas souvent l'occasion de voir un truc aussi sympa, j'en profite. Sans compter l'intérêt pour mon récit. Contrairement à la plupart des auteurs de polars, je n'aurai pas de scène d'autopsie bien cracra à offrir à mes lecteurs. Alors une ouverture de cercueil en remplacement, ça peut le faire question viande froide.

Le problème, soixante-treize ans après son enterrement, c'est que Balthazar n'appartient plus à la catégorie bidoche. Il a beau avoir dirigé un cirque, il n'est pas magicien. Un crâne et quelques os flottent encore dans un costume en lambeaux, mais pour le reste, on n'a pas grand-chose à se mettre sous la dent… Et bien sûr, pas de pieu dans le cœur. C'était trop beau pour être vrai.

— Vous croyez qu'il y a un lien avec la mort de Joseph ? demande papa.

— C'est possible, répond Pascalini.

— Que peut-on chercher dans la tombe de Britiescu, autant d'années après sa mort ?

— Les défunts sont parfois enterrés avec des objets personnels, explique Pascalini. Peut-être était-ce le cas pour Balthazar ?

« Balthazar a été enterré avec ses secrets. » Les mots prononcés par Gaston me reviennent à l'esprit. Et s'il fallait les entendre au premier degré ?

— Il faut demander ça aux anciens membres du cirque, suggère mon père.

— Je n'y manquerai pas. En attendant, j'ai procédé à des relevés d'empreintes, mais ça n'a rien donné. Le responsable devait porter des gants. Quant au sol, bien que boueux, il n'a pas gardé de traces exploitables, Mme Bonnafous ayant fait de nombreux allers-retours.

— Je dois beaucoup marcher à cause de mon cholestérol, précise la vieille pour justifier son bousillage de scène de crime.

— Personne n'a rien vu cette nuit ? insiste mon père.

— Si c'est le cas, nous le saurons bientôt. Vos administrés sont prompts à venir témoigner.

Papa et l'adjudant perdent leurs regards dans le cercueil, un silence s'installe, il est temps que je quitte

les coulisses. Ma modestie naturelle dût-elle en souf-
frir, je ne suis pas simple narratrice dans cette histoire, mais bien un personnage essentiel doublé d'un
témoin primordial. C'est l'heure d'exister. J'actionne
mon klaxon, les têtes se tournent vers moi, j'annonce :

— Moi, j'ai vu quelque chose.

9 h 18

Je conduis notre petite troupe à travers les ruelles de notre cité, direction la maison de Lucette Chabal. Margoujols est un village austère, gris, sans aucun charme. C'est pour ça que je l'aime. Rien à voir avec les clichés de carte postale des cités alentour qui rêvent d'obtenir le label de « Plus beau village de France » à coups de bacs à fleurs en fûts de chêne, de caillasses rénovées au Kärcher, de rues pavées de frais et de pseudo-galeries d'art pour artistes effarants n'ayant même pas l'excuse de peindre avec les pieds et la bouche. Les touristes ne déferlent pas dans nos rues pour acheter du vêtement typique qui gratte et du savon biologique qui pue. Pas de ça chez nous. On a su garder notre dignité. Merci, papa.

Mes révélations sur la balade de la fille de la femme à barbe au milieu des tombes ont titillé la curiosité de mon auditoire. Mon père a même failli me faire un compliment. Il s'est ravisé juste avant de commettre l'irréparable, mais c'est déjà énorme. À l'instar des meilleurs personnages de roman, papa va-t-il connaître une progression psychologique l'amenant à déverrouiller son moi social pour révéler *in fine* toute sa profondeur émotionnelle ? Mouais. Faut pas trop rêver non plus.

De son côté, Pascalini n'a pas craint de s'enthousiasmer pour mon témoignage, car il est moins rétif que papa au concept d'évolution du protagoniste. Coupable ou pas, Miss Margoujols 1971 sait beaucoup de choses que mon adjudant aimerait entendre.

Alors que nous approchons de la fermette de Lucette, nous sommes doublés par un Pierrot Charbonnier en plein footing. La notion de pratique sportive étant étrangère aux mœurs margoujolaises, c'est une attitude surprenante. Lorsque c'est au tour de Jean-Claude Musson de nous dépasser à grandes foulées, cela devient inquiétant. Et quand c'est Nicole Troucelier qui débarque à vélo avec Martine Bonnafous dégoulinant sur le portebagages, c'est quasiment un signe d'apocalypse. Enfin, Grégoire Thérond déboule en agitant les bras.

— Venez vite, mon adjudant ! C'est affreux.

— Qu'est-ce qui se passe encore ?

Grégoire reprend son souffle quelques instants, histoire de faire durer le suspense, technique éprouvée.

— C'est Lucette Chabal…

Grégoire s'interrompt de nouveau pour haleter. Ça fait un peu grosse ficelle pour jouer sur l'attente du lecteur, mais il faut excuser Grégoire, ce n'est pas un professionnel.

— Elle est décédée.

Lucette ? Mon père affiche un rictus de colère, comme chaque fois qu'on fait quelque chose au village sans avoir déposé une demande officielle. Babiloune regarde autour de lui pour savoir quelle attitude adopter.

Quant à Pascalini, il semble paralysé par la nouvelle (moi aussi, mais ça se voit moins).

L'excitation me gagne. Après deux meurtres et une profanation de cercueil, voilà-t-y pas que nous engrangeons un nouveau rebondissement comme dans les meilleurs *page-turner* ! Encore quelques chapitres comme ça et Harlan Coben n'a plus qu'à bien se tenir. Je vois déjà le bandeau rouge aguicheur sur couverture en clair-obscur : « Julie de Creyssels, la nouvelle reine de l'angoisse. » Ou mieux, si on veut profiter du label scandinave à forte valeur ajoutée : « Juliå Creysselsson, la révélation des brumes nordiques (de la Lozère) » (+ 18 % de ventes avec un nom en -sson ; + 32 % avec une voyelle à bulle).

Mais voilà que je m'égare. Revenons sur terre, cette histoire est loin d'être terminée. Toujours rester vigilant. Un manque d'attention et, paf, votre récit tourne en eau de boudin, votre intrigue est bancale, votre bouquin n'est pas chroniqué dans *Livres Hebdo*, *Le Figaro littéraire* vous ignore et vous pouvez toujours courir pour être invité à « La Grande Librairie ». Il y a des précédents plein les bacs des solderies, j'ai les noms.

Donc Lucette est morte. Et nous, mine de rien, on a notre relance de l'intrigue par le motif toujours efficace du troisième cadavre. Excellent timing.

Devant la maison de Lucette, la scène a un goût de déjà-vu. L'infirmière qui a découvert les morceaux de Joseph avant-hier est assise sur le perron, en compagnie d'une barquette de carottes de supermarché. Elle pleure, sans doute sur la piètre qualité de son régime alimentaire. Martine Bonnafous et Nicole Troucelier lui adressent des sourires compassionnels en gardant une distance raisonnable au cas où sa poisse serait contagieuse. Car, après sa visite macabre à Joseph, l'infirmière est tombée sur le cadavre de Lucette. Ou plutôt sur un pied de Lucette, posé sur le tapis de l'entrée, tel un message indiquant qu'on peut remettre à plus tard le vaccin contre la grippe.

C'est un Grégoire Thérond tout chamboulé qui nous met au parfum. Son cerveau s'est offert un flash métaphysique en pleine face. Il a pris conscience que la mort rôde et qu'il pourrait y passer lui aussi. Première crise d'angoisse de ce grand dadais. Moi, je ne partage pas son inquiétude. Mon problème n'a jamais été de savoir si j'allais mourir, mais si j'allais vivre un jour.

— Je l'ai toujours trouvée louche, cette infirmière, chuchote Gabriel Troucelier. Vous allez l'arrêter ?

— Non, grogne Pascalini en fendant la foule.

— Alors qu'elle a *trouvé* deux cadavres sur trois ? Comme par hasard...

— Messieurs, laissez-moi travailler.

— Un jour, elle a raté ma piqûre, explique Clovis Bernicola. Il y avait du sang partout. Je me demande si elle ne l'a pas fait exprès.

— Tu as eu chaud, confirme Gabriel. Cette infirmière, c'est l'ange de la mort. Elle pratique l'euthanasie pour aider les vieux à partir.

— Je ne suis pas vieux ! se récrie Clovis.

— Dans ton cas, c'était de l'euthanasie préventive.

— Babiloune ! ordonne Pascalini, excédé. Évacuez ces individus !

Le pauvre stagiaire affiche l'air désemparé du client de supermarché découvrant que ses rayons préférés ont

172

été réorganisés, que le thon à la catalane a remplacé les cotons-tiges, que les biscottes trônent à la place du cassoulet, et que c'est un scandale. Pendant qu'il tente de se souvenir de ses cours d'évacuation d'individus d'une scène de crime, le chœur antique continue à bavasser.

— Venez, lance Gabriel, laissons l'adjudant tranquille.

— Tu as raison, acquiesce l'aîné des Castan, il a assez de mal comme ça avec son enquête.

— Ce n'est pas sa faute, le pauvre, compatit le cadet.

— Je commence à en avoir assez ! s'énerve Pascalini. Pour qui vous prenez-vous ?

— Il faut nous excuser. C'est à cause d'Internet, on y trouve tout.

— Par exemple, le classement au concours de sous-officiers de gendarmerie.

— Le concours de... s'étrangle mon adjudant.

— La session 2005.

— 2... 2005 ? s'empourpre Pascalini.

— C'est en ligne sur le site de la gendarmerie nationale. C'est public.

— 2 412e, c'est pas si mal.

— Sur 2 415...

— On ne vous juge pas. L'important c'est d'avoir été reçu.

Pascalini est au bord de l'apoplexie. En fond sonore, les sanglots de l'infirmière grimpent de quelques décibels parce que personne ne s'occupe d'elle.

— Vous n'êtes pas gentils, reproche Castan le cadet à ses comparses. Je vous rappelle que l'adjudant avait

173

un lumbago très douloureux au moment des épreuves. Il s'en est plaint sur Facebook.

— Vous êtes allés voir ma page Facebook ? s'étouffe Pascalini.

— Elle est sympa mais vous devriez faire attention aux paramètres de confidentialité.

— C'est vrai que la photo de la fête de la bière torse nu avec la grande rousse, c'était un peu limite. Rapport au prestige de l'uniforme.

L'adjudant vire au cramoisi. Il se souvient que si Margoujols est un des villages les plus reculés de France, il est aussi l'un des plus connectés. Il se rappelle le discours de mon père sur la population formée au numérique. Il est tombé entre les mains de paysans geeks, il ne peut pas lutter. Alors il bat en retraite en s'engouffrant dans la maison de Lucette.

Face au tumulte de la vie moderne, sachons profiter du cadeau offert par un mort : le silence.

11 h 36

Pendant que Pascalini et Babiloune batifolaient autour du cadavre de Lucette, je suis allée honorer mon rendez-vous hebdomadaire avec mon kiné. Babiloune vient de passer la tête par la porte de ma chambre alors qu'on me remettait dans mon fauteuil. Je n'aurais pas aimé qu'il me voie allongée sur le lit en train de me faire tripoter les escarres. C'est bête, mais sans mon fauteuil, je me sens toute nue.

— Que puis-je pour vous, beau blond ?

— L'adjudant Pascalini demande si vous pouvez venir l'aider.

— Il ne peut plus se passer de moi, votre chef. Il est amoureux ou quoi ?

— Peut-être, s'esclaffe Babiloune. Il veut réunir les membres du cirque Britiescu pour les interroger ensemble, mais il a du mal à les convaincre. Comme vous les connaissez bien, il voulait savoir si vous pouviez leur parler.

— Au nom de la grande fraternité des éclopés ?

— L'adjudant pense qu'ils vous écouteront. Gaston lui a dit qu'il était fatigué et qu'il voulait qu'on le laisse mourir en paix. Il semblait un peu déprimé.

— Déprimé ? Un nain veuf, alcoolique et incontinent de quatre-vingt-sept ans ? Ça m'étonnerait.

— Nicolaï n'a rien répondu parce qu'il pleurait.

— La chaude ambiance, quoi. Ça va finir en atelier nœud coulant, cette affaire.

— Quant à Pietro, il a déjà tout raconté selon lui, mais il veut bien nous prêter son perroquet pour une audition.

— Redoutable. À propos de bestioles ingérables, qu'ont répondu les sœurs Popesco ?

— Ç'a été un peu compliqué… Elles ont traité l'adjudant de tous les noms, ça m'a fait de la peine pour lui. Quand il les a menacées de revenir avec une injonction du tribunal, elles lui ont conseillé des pratiques sexuelles tordues à essayer avec le juge.

— Je n'ai pas de chance, je loupe tous les bons moments. Vous pourriez me répéter ce qu'elles ont dit ? C'est pour le récit que j'écris. Le lecteur aime les pratiques sexuelles tordues.

— Oh non…

— Alors juste pour moi, à l'oreille.

— L'honneur de l'adjudant est en jeu…

— Je vous laisserai faire un tour sur mon fauteuil.

— Bon d'accord, mais vous ne le répétez pas.

Nous voilà donc partis avec Babiloune en mission commandée auprès des *freaks* de Margoujols. (Dommage que je ne puisse pas rapporter les horreurs proférées par les Popesco, ça valait le coup, mais j'ai juré.) Mine de rien, je prends du galon. Bientôt un fauteuil aux couleurs de la gendarmerie ?

Inutile d'épiloguer, ma mission auprès des vieux du cirque a été une réussite. Digne descendante du chevalier Joachim-Benoît de Creyssels, compagnon d'armes de Saint Louis, j'ai hérité de son caractère farouche et de son goût pour les chevauchées infernales sur son indomptable destrier. Une demi-heure après la visite de Babiloune, Pietro, Gaston et Nicolaï sont réunis dans le salon de Magali. Quant aux sœurs Popesco, je n'ai même pas tenté de leur parler car j'essaie d'arrêter les humiliations (j'ai longtemps été à un paquet par jour).

Pascalini m'accueille avec sympathie. Les anciens m'offrent des sourires bienveillants, mais je lis dans leurs rides chiffonnées qu'ils sont meurtris.

— Messieurs, comme vous le savez, les victimes des meurtres de Margoujols sont toutes liées au cirque Britiescu. À cela s'ajoute la profanation de la tombe de son fondateur. Ma question est simple : auriez-vous une explication ?

Les trois hommes prennent le temps de s'envisager avant de répondre, comme si le trio devait parler d'une seule voix.

— Non, je ne vois pas, finit par lâcher Gaston.

— Moi non plus, ajoute Pietro.

— Qui est mort ? demande Nicolaï.

— Bien, fait Pascalini, peu convaincu. Dans ce cas, peut-être vos souvenirs pourront-ils nous aider ? Le passé peut éclairer le présent. J'ai besoin de savoir si Balthazar a été enterré avec des objets.

Les rides s'alourdissent un peu plus. L'adjudant précise :

— Nous essayons de comprendre pourquoi quelqu'un a ouvert sa tombe. Portait-il un bijou, par exemple ? A-t-on joint à son corps des objets fétiches ?

— C'est loin tout ça, soupire Nicolaï.

— On était si jeunes, confirme Pietro, je ne me souviens de rien.

— Et vous ? demande Pascalini à Gaston dont les yeux se perdent dans le motif de la moquette. Vous vous souvenez de quelque chose ?

— Oui, finit par lâcher Gaston. Il a été enterré avec son coffret.

— Quel coffret ? demande Pietro.

— De quoi tu parles ? s'étonne Nicolaï.

— Souvenez-vous, Balthazar avait une boîte en bois sur son bureau dans la roulotte. Un coffret dans le style de ceux qu'on voit dans les films de pirates. J'étais encore un enfant, il me fascinait. J'étais persuadé qu'il contenait un trésor.

— Maintenant que tu le dis, ça me rappelle quelque chose, affirme Pietro.

— Moi non, s'étonne Nicolaï, pourtant j'ai une bonne mémoire.

— Que contenait ce coffret ? demande Pascalini.

— Je ne sais pas, dit Gaston. J'ai voulu l'ouvrir après la mort de Balthazar tellement ma curiosité était forte, mais je n'ai jamais su où était la clé. Puis Barbara et James ont organisé l'enterrement...

— Qui ça ? l'interrompt Pascalini.

— La femme à barbe et l'homme-éléphant, les seuls adultes de la troupe. Ils ont placé le coffret à l'intérieur du cercueil, ainsi que des fleurs. Une tradition, paraît-il.

— Vous n'avez aucune idée de son contenu ?

— Sans doute des souvenirs du passé de Balthazar en Roumanie.

— Ce qui est sûr, c'est que Balthazar avait un secret, affirme Pietro. Il le disait souvent quand il avait trop bu.

— Oui, mais il n'a jamais révélé ce qu'il cachait, reprend Gaston. À une époque, la rumeur que Balthazar dissimulait un trésor s'était même répandue dans la troupe.

— Quel genre de trésor ? De l'argent ? Des bijoux ?

— Aucune idée, répond Pietro. Balthazar ne paraissait pas bien riche.

— Vous pensez qu'il a été assassiné à cause de son secret ?

Le trio hausse les épaules pour montrer son ignorance.

— Vous n'avez jamais eu de soupçons concernant l'auteur du crime ?

Mes amis monstres échangent quelques regards qui en disent assez long sur le fait qu'ils répondront assez court.

— Plus de soixante-dix ans après, ces faits sont prescrits, insiste Pascalini. Vous pouvez parler sans crainte, il ne peut pas y avoir de poursuites.

— Non, vraiment, aucune idée, assure Gaston.

— La mort de Balthazar est aussi mystérieuse que sa vie, confirme Pietro.

— Croyez-vous que les sœurs Popesco en sauraient davantage ?

— Elles aussi étaient des enfants, rappelle Pietro. Il faudrait le leur demander.

— J'ai essayé tout à l'heure, explique Pascalini, mais elles ne m'ont pas ouvert. Appolonie a été… comment dire… assez véhémente.

— On ne peut pas vous aider, s'excuse Gaston. Elles refusent de nous voir nous aussi.

— La vieillesse n'a pas arrangé les caractères, constate Pietro.

— La vieillesse n'arrange jamais rien, assure Babiloune.

— Rien n'arrange jamais rien, lâche Gaston.

— Sinon, on pourrait demander à Joseph, l'homme-homard, suggère Nicolaï. Il aura peut-être des infos. Hein ? Pourquoi vous me regardez comme ça ? J'ai dit une bêtise ?

19 h 16

Après une demi-journée passée avec les experts chargés d'analyser le nouveau meurtre, séquence à laquelle je n'ai malheureusement pas été invitée, Pascalini s'accorde un apéritif servi par Magali. Soumis aux questions pressantes de sa logeuse, l'adjudant est obligé de livrer des détails de l'enquête. Il a juste besoin d'apaiser sa conscience avec un serment de totale discrétion de Magali.

— C'est juré. Si je trahis ma promesse, vous pourrez faire de moi tout ce que vous voudrez.

Pascalini prend quelques couleurs à cette évocation, puis entame sa réplique :

— Je…

— Absolument tout, insiste Magali au cas où on n'aurait pas bien compris.

Pascalini bredouille un peu, rougit beaucoup, puis se lance.

Non seulement Lucette a été assassinée d'un coup de couteau dans le cœur, mais, comme Joseph et Valentine, elle a été démembrée. Un même mode opératoire pour les trois meurtres, à la différence près

181

que Joseph a été découpé en vingt morceaux alors que Valentine et Lucette n'ont eu droit qu'à neuf parts. Soit la tueuse était pressée, soit elle devient fainéante. La routine, ça use.

Quant à la question de la profanation du cercueil, la fouille de la maison de Lucette n'a pas permis de découvrir le coffret de Balthazar ni aucun autre objet ayant pu lui appartenir.

— Le mystère reste entier, soupire Magali, déçue. Même si je voulais parler, je n'aurais rien à dire.

Alors que je repense à ma soirée au cimetière, un frisson vient chatouiller ma nuque. Ce n'est pas souvent que j'éprouve des sensations physiques, j'en profite. Le crime au service de la rééducation des handicapés ? À creuser. Je me dis que je suis peut-être passée hier soir au cimetière tout près de la tueuse, la fameuse femme au visage pâle dont parlaient Clovis Bernicola, Valentine Musson et Pietro. Je me l'imagine dissimu-lée dans l'ombre, guettant Lucette à travers les allées de la nécropole, l'observant pendant qu'elle ouvrait le cercueil, puis s'introduisant chez elle pour l'assassiner avant de récupérer le coffret de Balthazar.

Je repense aux visages que j'ai croisés dans les rues. Et s'il y avait plusieurs coupables ? Et si Lucette était impliquée dans les meurtres ? Et si la tueuse au visage pâle était sa complice ? Après avoir obtenu ce qu'elle voulait, elle s'est peut-être assuré son silence éternel ? Les idées s'embrouillent dans ma tête. Je suis encore loin de la brillante enquêtrice qui résout des énigmes retorses par un simple astiquage de son lobe frontal.

Pendant que je cogite dans mon coin, Pascalini n'a pas perdu de temps. Les ballons de rouge s'alignent sur

le comptoir comme des points noirs sur un nez sébor-
rhéique. Depuis qu'il a pris conscience que l'expression
« se requinquer à la campagne » relève de la légende
urbaine, l'adjudant boit. Je devrais saluer ses efforts
pour s'extirper de sa terne carapace, s'approcher du
cliché du flic alcoolo et m'aider à donner du relief à
mon récit, mais tout le monde n'a pas le talent d'être
une épave au bout du rouleau.

— Vous savez, Magali, articule Pascalini comme
s'il mâchait un chewing-gum, j'ai souvent frachouné
les magreflous. Ma mère me faisait toujours gragnouter.

C'est bien ce que je disais. Épave, c'est un métier.
On espère le gars qui va déballer les failles intimes qui
le font flirter avec l'abîme, et on se retrouve avec un
frachounage de magreflous. Je crois que je vais aller
me coucher.

Alors que Pascalini continue à gragnouter sa mère,
le bruit du verre sur le zinc fonctionne comme un
puissant appeau à ivrognes. Mon gendarme se voit
bientôt entouré de compétiteurs aguerris, au premier
rang desquels Gabriel Troucelier, Clovis Bernicola et
Gaëtan Siffloux, jamais les derniers pour soutenir le
petit commerce.

— Bonsoir, mon adjudant, lance Gabriel. Dites, je
me demandais... Vous avez les résultats de l'autopsie
de Joseph ?

Pascalini fixe la bouteille de vin comme si elle venait
de poser la question, puis répond avec la voix gutturale
d'un privé blasé face à une femme fatale au brushing
choucrouteux dans un film noir des années 1940.

— Secret professionnel, bébé.

— Si je vous parle de l'autopsie, insiste Gabriel, c'est à cause des rumeurs.

— Bébé, ricanent Clovis et Gaëtan.

Pascalini lève un œil vitreux.

— Quelles rumeurs ?

— Celles qui ne vont pas tarder à courir à propos de la Bête ! En tant que président du Comité de réhabilitation de la Bête du Gévaudan, je m'insurge par avance contre les accusations qui pleuvront bientôt sur ce pauvre animal, fleuron de la culture locale, injustement vilipendé depuis des siècles.

— Bébé ! s'esclaffent Gaëtan et Clovis.

— Je vous demande de rendre publics les résultats de l'autopsie afin d'écarter la responsabilité d'un animal, insiste Gabriel. Ce ne sont pas des crocs qui ont fait ce carnage. Respectons les produits du terroir. Les migrants peut-être, la Bête non !

— Attention, j'ai lu sur Internet que les migrants avaient des griffes, assure Gaëtan.

— Oui, rappelle Clovis, mais ils n'ont pas de comité de réhabilitation, bébé.

Et les compères de se marrer... On se moque de mon personnage principal, on le ridiculise et il ne bouge pas une oreille. J'hésite à lui donner un coup de roue dans le tibia. Il n'a même pas l'alcool triste, il a l'alcool mou. C'est la honte littéraire, les commentateurs ne vont pas me rater sur Amazon.

Quand la porte du café s'ouvre sur les frères Castan portant chacun un gros carton, la paupière gauche de l'adjudant se met à trembler. L'espoir renaît. Et si mon gendarme perdait enfin son sang-froid ? Je ne demande pas une grosse bagarre de type mafieux dessalés dans une boîte à jazz, mais une bonne phrase choc et deux, trois claques feraient ma joie.

— Bon, c'est fini, oui ? lance Pascalini en pointant un doigt tremblant vers Gabriel et Clovis. Vous commencez à me courir sur le haricot. (Un peu rassie comme phrase choc, mais c'est mieux que rien.)

— Ne vous fâchez pas, rigole Gabriel.

— Décarrez, bande de zoulous ! (Oui, continue, ça commence à venir. Mais il faudrait quitter les années 1950, on n'est plus dans la « Série noire » à Papy Duhamel.)

— On discute, ricane Clovis.

— Vous deux, ça suffit ! J'en ai plein la... (aïe) euh, plein le... (oh, non) plein le... (Reprends-toi, c'est la Littérature qui te le demande.)

— Plein le haricot ? suggère Gabriel. (OK, c'est mort.)

— Je ne veux plus vous entendre, bande d'hypocrites malveillants boursouflés de crétinisme ! (Ben voilà, quand tu veux ! Un peu lourd, mais ça passe.) Et vous, avec vos cartons, c'est pareil ! Vos relevés téléphoniques, vos lettres d'insultes, vos pièces à conviction, vous pouvez en faire des confettis, des origamis ou des papillotes pour vous tapisser les orifices avec ! (Bravo, ça c'est mon adjudant !)

— Eh ben, c'est agréable, se renfrognent les frères Castan. Ça nous apprendra à coopérer avec la police.

— Votre coopération n'est qu'un écran de fumée ! Vous croyez que je ne vois pas clair dans votre jeu ? Vous venez m'apporter des lettres, des objets, des témoignages, mais ce n'est pas pour m'aider !

— Si ! s'offusque l'assemblée.

— Encore un paranoïaque qui voit des complots partout ! se froisse Castan l'aîné.

— Tu dis ça pour qui ? se vexe Gaëtan.

— On peut poser le carton ? geint Castan le cadet. C'est lourd.

— Non ! hurle Pascalini. (Un peu aigu mais, à l'écrit, ça passe.) Vous cherchez à saboter mon enquête ! À noyer mes recherches sous un flot d'informations inutiles ! Vous voulez m'empêcher de découvrir la vérité ! Vous êtes tous complices ! Tous !

Pendant que mon gendarme se lâche, l'aîné des Castan tourne autour de lui avec son téléphone portable.

— Vous me filmez ? s'étrangle Pascalini.

— Non, je vérifie si j'ai du réseau. Continuez, ne vous occupez pas de moi.

C'en est trop pour l'adjudant qui supporte pourtant mieux les moqueries que l'alcool. Il se réveille enfin, façon gros dur. Les foldingos de la cambrousse l'envisagent comme un cave ? Fini les micmacs, va y avoir du rififi à Margoujols. Pascalini fait valdinguer sa binouze pour affranchir les gonzes : ouvrez bien vos esgourdes, on arrête de me chatouiller les arpions. Avant de regagner son paddock, il adresse à mézigue une invitation à me pieuter fissa, empoigne la môme Magali pour ratifier la position du boss, et dégoise aux gus en biture :

— Ce village cache un secret pour lequel on est prêt à tuer. Vous regretterez de m'avoir mis des bâtons dans les roues. Car, croyez-moi, ce n'est pas fini, il y aura bientôt un nouveau cadavre !

Bon, « bâtons dans les roues » fait un peu daté mais, dans l'ensemble, l'envolée n'est pas mal du tout. Mine de rien, son « croyez-moi, ce n'est pas fini, il y aura bientôt un nouveau cadavre », ça nous fait une fin de chapitre très correcte.

En progrès, Pascalini. Poursuivez dans cette voie.

de rien, son « crevez moi » ne c'est pas mal. Il y a un blanc du nouveau maire et avec nous fait une fin de chapitre féroce.

En partant, Pascalini, Pascaluche dans notre voix

20 h 07

Pendant que Pascalini fait une sieste sur le canapé du petit salon, j'assiste Babiloune dans la consultation des documents apportés par les villageois. Seules les lettres d'insultes de Joseph méritent le coup d'œil, autant pour l'ambition démocratique de leur auteur (personne n'est épargné) que pour ses compétences stylistiques. Peu de graphomanes montrent autant d'appétence pour l'allitération ciselée (« grosse et grasse radasse »), la métaphore hyperbolique (« raclure de bidet de prosti- tuée mycosique ») ou le chiasme hardi (« mon poing sûr dans ta face, dans ta fesse mon poinçon »). Le tout écrit avec des pinces de homard, chapeau. Ampleur de l'œuvre, emphase du style, Joseph Zimm était un peu notre Victor Hugo. Un romantique.

Comme Babiloune manque de bases en stylistique, je lui explique cette prose édifiante qui finit par géné- rer chez moi un brin de jalousie. Pourquoi Joseph ne m'a-t-il jamais écrit ? J'ai eu droit à des moqueries à l'oral, mais je ne lui ai pas inspiré de missives. Je n'avais donc pas l'étoffe d'une muse ? Ou bien une raclure d'humanisme collée au fond de son bidet mental l'avait-elle retenu par rapport à mon handicap ? Non à la discrimination ! Je veux être insultée comme tout le monde, c'est une question de respect ! #RadasseSurRoulettes.

Je regarde Pascalini ronfler pendant que nous naviguons à vue au milieu des embruns poétiques et je me demande s'il ne pourrait pas avoir raison… Et si les habitants de Margoujols partageaient un secret à propos de la mort de Joseph ? Et s'ils tentaient d'empêcher l'enquêteur de faire son travail avec leur zèle déplacé ? Je pense à l'intrigue du *Crime de l'Orient-Express* d'Agatha Christie dans lequel Hercule Poirot démontre qu'il n'y a pas *un* assassin mais que *tous* les voyageurs ont participé au meurtre. Le coupable multiple, le plus difficile à démasquer. Surtout si un village entier s'est investi dans la disparition de l'être abject qui lui rendait la vie impossible… Mais dans ce cas, pourquoi personne ne m'a mise dans la confidence ? Et mon père, est-il au courant ? Et Valentine ? Et Lucette ? Comment expliquer leur mort ?

À cet instant, un élément perturbateur me distrait dans mon entreprise de questionnement intérieur. L'arrivée d'un personnage bien connu pour réveiller le démon de minuit, faire tourner les serviettes et allumer le feu. Papa.

Si mon père était un superhéros, ce serait Mister Freeze, dernier espoir de l'humanité contre le réchauffement climatique. Papa possède le pouvoir de faire baisser la température d'une pièce, de refroidir les ardeurs, de glacer le sang, de frigorifier son prochain.

S'il vous serre la main, vous attrapez un rhume (c'est pas possible, mais ça me fait rire).

Dès ma plus tendre enfance, j'ai appris à son (absence de) contact à relativiser la prétendue importance du concept de chaleur humaine. Je n'étais pas une fillette malheureuse, car nous avons toujours été sur la même longueur d'onde, papa et moi. Il passe beaucoup de temps dans son fauteuil, moi aussi. Il n'est pas du genre à sauter au cou des gens, moi non plus. Il est avare de paroles, moi itou. Plus complices, vous ne trouverez pas.

Sur ses administrés, il obtient le même effet paralysant que sur moi, bien que plus temporaire. À peine entre-t-il dans le bistrot que les conversations s'arrêtent, que les nez plongent dans les verres et que les mouches volent en sourdine. À peine se racle-t-il la gorge que Pascalini se réveille. À peine lui jette-t-il un regard tendre de milicien serbe désœuvré entre deux charniers que le gendarme dessoûle.

— Mon adjudant, je vous offre un verre ? (Glaçons à volonté.)

— Je suis en service, rappelle Pascalini dans un hoquet.

— Personne ne vous dénoncera, assure papa en lui mettant un blanc sec entre les mains.

Mon père fait comme chez lui, mais il y a une raison à ça : il est chez lui. Comme tous les Creyssels à Margoujols depuis la chute de l'Empire romain d'Occident. Il s'installe à son aise sur le canapé, Pascalini doit se contenter d'un fauteuil un peu défoncé, Babiloune d'une chaise pas mal vérolée, la hiérarchie est respectée. Moi, je me gare dans un coin.

— Adjudant, je trinque à la prompte réussite de votre enquête. Connaît-elle ce soir des avancées significatives ?

— Il est trop tôt pour tirer des conclusions.

— Nous en sommes à trois cadavres. Vous attendez le quinté + ?

— Je poursuis mes investigations, assure Pascalini en vidant son verre cul sec.

— Vous avez au moins une idée de ce qui se passe dans mon village ?

— Vous comprendrez que je ne peux pas vous parler de mon enquête.

— Nous sommes entre nous, adjudant. Il s'agit de mes administrés. Si un habitant de Margoujols est coupable, je souhaiterais…

— Sauf votre respect, monsieur le maire, vous êtes vous-même un habitant de Margoujols.

Papa rit. Du rire forcé de l'homme qui n'a jamais su rire.

— Allons, vous m'imaginez en train de découper mes semblables ?

— Mes années de service ont développé mon imagination au-delà du raisonnable.

— Je comprends… Vous êtes un professionnel et vous restez ouvert à toutes les éventualités, sans *a priori*.

— Merci de votre compréhension.

— Néanmoins, ajoute papa en se levant, je ne saurais trop vous inviter à faire preuve de célérité. Les communications numériques ont accéléré nos existences. Notre époque ne connaît plus la patience.

— Chaque enquête a son rythme propre. Il ne sert à rien de la brusquer.

— Certes, mais le public aujourd'hui est nourri au petit-lait des séries télévisées. Elles ont amplifié nos exigences. Chacun se croit spécialiste de la chose policière.

— Je m'en suis rendu compte, confirme Pascalini en jetant un coup d'œil aux cartons entreposés dans le salon.

— Vous n'avez peut-être pas tout vu. N'oubliez pas que Margoujols est un village hyperconnecté. On parle beaucoup de vous sur les réseaux sociaux.

— Comment ça ?

— Oh, je n'ai fait qu'entendre des bruissements, ici et là. Je manque de temps pour m'intéresser à ce genre de chose. D'ailleurs, je vous laisse, nous avons tous les deux beaucoup de travail.

Papa serre la main de Pascalini, qui est soudain parcouru d'un frisson, puis il se tourne vers moi en fronçant ses sourcils broussailleux à la manière affectueuse de Jack Nicholson dans *Shining*.

— Julie, tu m'accompagnes ?

— Non, fais-je avec le détachement de la fille qui s'émancipe.

— Nous t'avons gardé ton repas au chaud, m'informe mon père avec son ton à 0 °C qui signifie : « Tu es rentrée à pas d'heure cette nuit, tu n'as pas daigné participer au dîner ce soir, ressaisis-toi au plus vite avant de sombrer dans la drogue et la prostitution. »

— Je me passerai de bouillie pour une fois. Il ne faut pas abuser des bonnes choses.

— Comme tu veux (– 4 °C). Bonne soirée, messieurs (– 8 °C).

Papa s'éclipse. Babiloune vérifie le chauffage. Pascalini me regarde.

— C'est quoi cette histoire de réseaux sociaux ?

Puis il éternue.

20 h 28

Les réseaux sociaux ont changé ma vie. Plus précisément, ils m'ont permis d'avoir une vie, loin de ma prison de chair. Grâce à mon majeur vibrant, je dialogue avec des gens du monde entier sans que personne se doute de mon handicap. J'incarne de multiples identités, je voyage en GoogleEarth, je vanne sur Twitter, je like sur Facebook, je trolle sur Insta, et je fais même des rencontres coquines qui m'émoustillent la molette. Bon, j'évite de brancher la webcam pour ne pas effrayer Bogoss75 à qui je viens de détailler ma plastique de rêve, mais ça me permet de respirer un peu.

Il faut avouer qu'Internet nous offre un monde merveilleux à portée de doigt. Quelques clics suffisent pour voir un tatoué hydrocéphale ingurgiter le contenu d'un pot de Nutella en moins d'une minute, apprendre de source sûre que des lézards extraterrestres sont responsables des attentats du 11 Septembre, admirer une esthète du hamburger en leggings roses se verser une bassine d'eau glacée sur la tête, s'instruire sur la meilleure façon de décapiter un infidèle grâce à des vidéos pédagogiques, applaudir la fascinante capacité de dilatation d'un anus lors d'exercices d'exultation de groupe, ou encore collectionner tous les arguments rationnels justifiant l'éradication immédiate des Arabes, des Juifs, des Noirs, des Roms, des homos, des femmes, des migrants, des SDF, des politiques et, pourquoi pas, des artichauts (qui sont vraiment immondes, avouons-le). Bref, Internet nous apporte chez nous, au chaud et gratos, l'expression de ce que l'humanité a de plus grandiose. Ensemble, construisons un monde sans artichauts.

À moi qui suis limitée dans mes mouvements, Internet offre la possibilité d'agir par procuration dans tous les domaines, même celui du crime. C'est un jeu d'enfant de se connecter au darknet, ce réseau parallèle qui permet l'accès à tout ce que l'esprit humain peut proposer d'illégal, face sombre de notre Web chéri qui de son côté ne diffuse qu'une lumière bienfaitrice dans nos esprits, alléluia. Sur le darknet, je peux me procurer des drogues, des armes, de la fausse monnaie… Je peux aussi engager un tueur. Ou une tueuse.

Quel sympathique roman je pourrais écrire sur une handicapée qui recrute une *serial killeuse* pour faire le ménage dans son village, se venger de ceux qui l'ont humiliée et lui permettre d'éprouver un bienheureux sentiment de toute-puissance. Ça ferait une bonne histoire, non ?

Mais arrêtons de rêvasser et revenons à l'adjudant Pascalini qui clique sur son ordinateur dans l'espace investigation. Babiloune et moi entourons l'internaute. Comme Magali souffre de douleurs dorsales, elle se soulage les lombaires en déposant maternellement sa lourde poitrine sur les épaules de l'adjudant.

— Qu'est-ce que c'est que ça ?

Internet est très populaire à Margoujols. Lors des formations aux technologies numériques dispensées à la population sous l'impulsion de mon père, les villageois ont été incités à investir les réseaux sociaux et beaucoup se sont lancés. Le site de la mairie répertorie les liens vers les blogs créés par nos concitoyens. L'adjudant vient d'ouvrir celui de Pierrot Charbonnier nommé *Ma vie de champion – Sport extrême et saucisse-passion*. Une vidéo se lance, tournée lors de l'arrivée des gendarmes à Margoujols, quand leur voiture a manqué d'écraser une autruche. On voit le véhicule piler, l'autruche tendre son cou vers le pare-brise avant de picorer le rétroviseur. Le conducteur actionne les essuie-glaces. L'animal se venge en mâchouillant l'antenne. Pascalini sort sa tête par la fenêtre et crie sur l'animal qui, impressionné par le prestige de l'uniforme, s'éloigne. Pierrot a rajouté la musique du générique du *Gendarme de Saint-Tropez* et un titre : *La gendarmerie française dans sa lutte quotidienne contre le terrorisme international*.

La vidéo en ligne sur YouTube compte déjà huit mille six cent cinquante-huit likes et cent trente-sept commentaires dont le plus intelligent semble être : « MDR les flics boloss PTDR. » Pascalini est consterné. Il sent que cette enquête va beaucoup faire pour sa carrière. Magali est fine psychologue, elle accentue sa pression dans le dos de son adjudant.

— Je vous verrais bien dans une série télé. Vous crevez l'écran.

Pascalini ne réagit pas. Avant de crever, il clique.

Nous tombons sur un blog anonyme habillé des couleurs de la série *X-Files*, sans doute tenu par le représentant local de l'Internationale complotiste, Gaëtan Siffloux, si l'on en croit la citation mise en exergue qu'il est fier de balancer matin et soir au comptoir de Michel Riffard : « Au royaume des aveugles, les muets sont mal barrés. » Perspicace, Gaëtan sait voir au-delà des apparences. Généreux, il tient à en faire profiter ses frères humains avec un article intitulé *Margoujols, soixante-dix ans de mensonges : un village sous surveillance.*

« Les événements qui secouent Margoujols seraient de simples crimes crapuleux selon la thèse officielle. À qui veut-*on* faire croire ça ? Si *on* tient tant à nous faire avaler ces sornettes, c'est que des intérêts puissants sont en jeu. Un simple examen objectif suffit à le prouver.

Joseph Zimm a été découpé en vingt morceaux. Hasard ? Coïncidence ? 20 = 4 × 5. 45, rappelons-le, c'est l'année de l'arrivée du cirque Britiescu à Margoujols. C'est l'année de la Libération. C'est l'année où l'État français cherche à dissimuler des actes commis par ses cadres pendant l'occupation nazie. C'est l'année où la machination prend naissance avec le meurtre de Balthazar. Valentine Musson et Lucette Chabal ont été découpées en neuf morceaux chacune. 9 = 4 + 5. Hasard ? Coïncidence ?

Joseph Zimm avait annoncé qu'il allait révéler un incroyable secret. *On* devait le faire taire. *On* ne voulait pas rouvrir le dossier du cirque Britiescu. Un "cirque" ? Qui pourrait croire ça ? Que serait venu faire un cirque au fin fond de la Lozère en 1945 ? Une seule réponse s'impose pour peu qu'on veuille réfléchir sans œillères : les monstres venaient se cacher.

Que fuyaient Britiescu et ses jeunes protégés ? La terrible vérité, c'est que ces enfants étaient les victimes d'expériences monstrueuses. Tout porte à croire que l'homme-homard et ses amis sont le résultat de manipulations génétiques menées par des savants français et anglais qui profitaient de l'occupation allemande pour mener à bien leurs sinistres recherches. "Britiescu" : comme un "British" maquillé en Roumain ? Hasard ? Coïncidence ?

Et si c'étaient les services secrets que fuyait Britiescu ? Et s'ils l'avaient retrouvé ? Et s'ils avaient épargné le reste de la troupe car l'État voulait étudier l'évolution des monstres et de leurs gènes dans la population ? Valentine et Lucette étaient les enfants des monstres originels. Margoujols est au cœur d'un secret vieux de soixante-dix ans. Nous vivons dans un laboratoire à ciel ouvert, c'est ce que Joseph avait dû découvrir.

On nous dissimule la vérité, *on* nous maintient dans l'ignorance. D'ailleurs, qui nous envoie-t-*on* pour enquêter ? Un adjudant qui a failli louper son concours et un stagiaire inexpérimenté. Hasard ? Coïncidence ? »

Impressionné par l'implacable démonstration *made by* Gaëtan, Pascalini se ressert un verre.

— Vous croyez qu'on ne résoudra jamais cette affaire ? s'inquiète Babiloune.

— Internet n'est pas notre ami, répond l'adjudant.

— Je le note.

— Internet travaille à l'anéantissement de l'autorité, à la dissolution de la vérité.

— Ça veut dire qu'il y a vraiment un complot ? tremble le stagiaire.

— Hasard ? Coïncidence ? fais-je pour détendre l'atmosphère.

— Croyez-moi, on va trouver le coupable ! assène Pascalini.

— Je vous crois sur parole, lui susurre Magali à l'oreille.

Moi aussi, j'aimerais faire confiance à mon adjudant, mais quand je vois sa tête, j'ai des doutes. Il vient de faire le clic de trop, celui qui vous spamme la tête, qui vous pourriellise le crâne, qui vous recycle la raison dans la corbeille. Je regarde l'écran, et je comprends.

Pascalini a ouvert le site du Comité de réhabilitation de la Bête du Gévaudan, tenu par Gabriel Troucelier et les frères Castan. Sous un article écrit à trois mains avec les pieds titré *Je suis Bête du Gévaudan*, une vidéo a été postée. L'image arrêtée montre l'adjudant accoudé au comptoir de Michel Riffard, les yeux révulsés et la lippe pendante. La vidéo se lance pour une piqûre de rappel, beuglante et postillonnante :

« Vous cherchez à saboter mon enquête ! À noyer mes recherches sous un flot d'informations inutiles ! Vous voulez m'empêcher de découvrir la vérité ! Vous êtes tous complices ! Tous ! »

La vidéo s'arrête, le silence s'installe, les regards fixent le vide, même Magali ne sait plus à quel sein se vouer. Pascalini a une réaction exemplaire : il réclame une bouteille. Et pas n'importe laquelle. Fini le rouge à fillettes, il veut du bourbon. Comme chez Dashiell

Hammett, comme chez Raymond Chandler, comme dans les vraies histoires de détective désabusé. Enfin un beau geste. Mon adjudant devient un homme, un vrai, un torturé. Un albatros baudelairien bien mazouté. Il boit au goulot trois longues rasades, s'essuie à sa manche, éructe sa virilité, puis il se passe quelque chose d'étrange… Son œil s'allume comme si son cerveau avait de la visite. L'alcool vient de lui nettoyer quelques synapses encrassées. Il se tourne vers nous et lâche dans un murmure :

— Mais oui, c'est ça… Je sais qui a tué les…

Puis il s'écroule, ivre mort.

Je vois la vie en monstre,
le blog de Winona Jane

Épisode 6

Il m'a fallu du temps pour assumer le statut d'« artiste ». Comme tous les travailleurs manuels, je me définissais davantage comme artisan du crime. L'artiste a l'orgueil de croire qu'il apporte quelque chose de neuf au monde, l'artisan a la modestie d'accepter d'être un maillon d'une longue chaîne de créateurs dont il n'est que l'héritier. Et puis j'ai découvert la notion de « postmodernité ». Plus précisément, c'est la révélation du « cinéma postmoderne » qui a éclairé mon parcours, tel qu'il est défini dans l'ouvrage Lire les images de cinéma, *publié par Laurent Jullier et Michel Marie en 2007.*

Voilà ce que disent les auteurs à propos de ce cinéma dont Quentin Tarantino est l'un des représentants : « Le cinéma postmoderne est modeste et repose sur la conscience que tout a été dit, déjà, et qu'il faut reprendre les anciennes règles en renouvelant ce qui peut l'être. Cette "conscience de venir après" fait souffler une certaine liberté de mouvement sur les films, en leur permettant de "tout montrer", d'emprunter toutes les esthétiques possibles et de raconter à peu près n'importe quoi du point de vue moral. [...] Il est ainsi possible de faire gicler tripes et boyaux, ou de montrer de front des scènes de torture au lieu de le faire deviner par le biais du hors-champ ; c'est le cinéma de plein champ. »

Cette lecture fut pour moi une révélation. Il suffisait de remplacer le terme « cinéma » par « crime » pour comprendre qu'un fabuleux champ d'expérimentation s'ouvrait sous mes couteaux. Le cinéma et le crime ont d'évidentes accointances dans la quête des émotions comme dans la prétention à exercer sa toute-puissance sur l'esprit du spectateur-victime. Les images peuvent être des armes qui pénètrent votre esprit, lacèrent votre conscience, meurtrissent votre morale. Quand Luis Buñuel découpe un œil en gros plan dans Un chien andalou, c'est le spectateur qu'il agresse. Quand Hitchcock filme la scène de la douche dans Psychose, il nous assigne la position malsaine du voyeur. Quand Tarantino fait gicler les boyaux au rythme de la soul music et que nous trouvons ça jouissif, c'est notre part la plus sombre qu'il chatouille.

Je compris ce jour-là que j'exerçais le crime comme une discipline artistique. J'étais une artiste postmoderne. La Tarantino du crime.

Comme tous les artistes contemporains, je m'exprime à travers des performances. Depuis quelques mois, je rends hommage à des tueurs du passé en reproduisant leurs crimes, comme un cinéaste qui cite ses modèles *pour nourrir son univers. À l'instar de l'auteur de* Kill Bill *qui s'inspire de figures du cinéma* bis, *j'ai une prédilection pour la marge : les crimes non élucidés, les meurtriers de l'ombre, les pervers anonymes.*

C'est comme ça que je me suis retrouvée dans un petit village de Lozère, théâtre du formidable démembrement d'un directeur de foire aux monstres en 1945. Un meurtre oublié dont un historien local a rappelé le souvenir sur un site Internet. Du bain bénit.

Margoujols, mon Pulp Fiction *à moi.*

Je viens de relire ce que j'ai rédigé ces derniers jours, et je me retrouve avec autant d'interrogations sur l'enquête que sur l'écriture. Dur labeur que celui de l'écrivain. Ou de l'écrivaine ? De l'auteur, de l'auteure ou de l'autrice ? Je ne sais pas et, à vrai dire, je m'en bats les écrous. Bien sûr, je suis féministe. Je n'ai jamais fait ni ménage, ni cuisine, ni repassage de toute ma vie, c'est pas une preuve ? Il paraît qu'une femme meurt tous les trois jours sous les coups de son compagnon ? Moi, je suis à l'abri : je ne vivrai jamais en couple. Quant à la difficulté typiquement féminine à concilier vie familiale et vie professionnelle, j'ai résolu le problème en n'ayant ni l'une ni l'autre. Qui dit mieux ?

Alors, auteur, auteure ou autrice ? Difficile de me sentir concernée par le débat sur l'écriture inclusive, puisque je ne suis incluse dans rien. De mon point de vue, diviser le monde selon les catégories femmes-hommes n'a pas de sens. À part le vieux Delforn qui me tourne autour en me proposant ses bonbons à la menthe, personne ne me regarde comme une femme, personne ne me discrimine en tant que femme, personne ne me harcèle parce que je suis femme. Pour moi, le monde se définit plutôt selon la partition valide / invalide. Et chez nous, femme ou homme, on est tous égaux : discriminés pareil. Alors, handi-auteur ?

Maintenant que j'ai plombé l'ambiance, revenons à nos problématiques littéraires. Si mon récit avance bien, je me pose des questions sur sa réception par mes futurs lecteurs. Vont-ils apprécier l'histoire ? Seront-ils séduits par l'atmosphère ? Difficile d'y voir clair quand on sait que le roman policier compte pléthore d'amateurs exigeants répartis en chapelles aux attentes contradictoires et prêts à en découdre à la moindre alerte. Bref, des chieurs. (Penser à couper cette phrase dans le manuscrit final. Il paraît qu'ils n'ont pas d'humour non plus.)

Sur le plan narratif, j'imagine que le lecteur moyen souhaite d'abord une énigme à résoudre. Là, j'ai l'impression qu'on est bon. On a ouvert avec un meurtre bien sordide, un homme-homard découpé en morceaux, c'est original, c'est visuel, c'est gourmand. À mon avis, on a marqué des points.

Il faut ensuite que les péripéties s'enchaînent à un rythme soutenu en ménageant des surprises régulières. On a eu pour l'instant deux meurtres supplémentaires, une profanation de sépulture, un mystère lié à un crime vieux de soixante-dix ans, un nombre confortable de suspects potentiels, des objets symboliques propres à stimuler l'imagination (carnet secret, coffret mystérieux, œufs métaphysiques) et quelques animaux pour le côté sympathique (perroquet, autruche, Gabriel

Troucelier). Tout ça reste assez classique, mais le cahier des charges est respecté.

Sur la question des personnages principaux en revanche, je sens depuis le début qu'on est limite. Pascalini n'a pas l'étoffe d'un inoubliable enquêteur de fiction. J'espérais une évolution psychologique de type collégien introverti qui commence par un bulletin médiocre pour terminer l'année avec les félicitations du conseil de classe après avoir révélé ses failles intimes qui le font flirter avec l'abîme. À ce stade de l'histoire, on n'est qu'à la fin du deuxième trimestre, mais j'ai autant de doutes sur le potentiel de l'élève Pascalini que sur la pertinence de ma métaphore scolaire.

Heureusement, Babiloune se révèle un comparse sympathique, un peu cliché certes, mais qui assure sa fonction d'adjuvant à valeur ajoutée humoristique dans le duo d'enquêteurs. À vrai dire, j'espère compenser le manque de charisme du détective par mon profil atypique qui joue sur la double partition du compassionnel (c'est un minimum vu mon état) et du sensationnel (caractère bien trempé, intelligence acérée, exceptionnelle force morale face au destin, modestie à toute épreuve).

Ce qui risque de pécher en revanche, c'est l'arrière-plan social du roman. Le polardeux adore nuancer son noir de rouge pour investir les problématiques contemporaines : la tragédie du chômage, les horreurs subies par les migrants, le couvercle de déni posé sur les banlieues, les relations troubles du terrorisme et de la finance internationale. Bref, du lourd. Moi, je vais paraître faiblarde question densité des thématiques. Grâce à papa, j'ai pu décrire un système archaïque de domination des esprits villageois par un notable sans scrupule, mais de là à y voir une allégorie des rapports nord-sud ou de l'infantilisation des populations des démocraties modernes gavées de pain (à hamburger) et de jeux (vidéo) par les avatars boursicoteurs des monarques du temps passé, il y a un pas que les critiques risquent de ne pas franchir.

Avec un peu de chance, certains lecteurs pourront s'attarder sur la portée métaphorique de ma description de la ruralité imprégnée de nouvelles technologies. Mondialisation culturelle, paupérisation des services publics, formatage des esprits par les chaînes de télévision, remise en cause de la verticalité de l'information au profit d'une diffusion horizontale propice aux rumeurs, dépendance technologique vis-à-vis des grands groupes américains et du *big data* généralisé : les groupies de la profondeur intellectuelle ne manqueront pas de sujets de réflexion.

En tirant un peu par les cheveux coupés en quatre, d'aucuns pourraient même lire dans le portrait des Beekmans une remise en question du modèle scandinave, cet alibi culpabilisateur des sociaux-démocrates, et un plaidoyer en faveur d'une réorientation de la ligne politique de l'Union européenne. Quant au thème brûlant de la place des minorités au sein de la communauté nationale, je pense incarner un panel intéressant en tant que femme, handicapée, lozérienne et amatrice de littérature. Je peux même servir de base à une réflexion sur le transhumanisme grâce à mon fauteuil de science-fiction. Franchement, qui dit mieux ?

Enfin, concernant la dimension philosophique de ce récit, il me semble avoir résumé ma vision du monde, mâtinée de Cioran et de Schopenhauer, avec une concision dont je ne suis pas peu fière : ffffffffffffchiééééééééééé.

Voilà. Maintenant, si je dis ça, c'est pour aider le lecteur réticent à ne lire un polar que pour le plaisir de lire un polar. Car, comme disait Charles Baudelaire, traducteur émérite d'Edgar Poe : « Aucun poème ne sera si grand, si noble, si véritablement digne du nom de poème, que celui qui aura été écrit uniquement pour le plaisir d'écrire un poème. »

Merci Charly.

Jour 4

10 h 01

Je suis impatiente de rejoindre Pascalini après une nuit agitée à traquer des criminels dans des rêves échevelés. Durant mon sommeil, il se produit un phénomène étonnant : je rêve valide. Mes activités nocturnes consistent à courir sur mes deux jambes, à boxer de mes deux mains, à chanter comme une casserole, à parler jusqu'à plus soif, à manger à pleines dents… À vivre debout. Puis c'est le réveil. Quand, chaque matin, mon corps me rappelle qui je ne suis pas. Quand je retrouve mon enveloppe de morte-vivante et qu'il faut passer une nouvelle journée. Heureusement, je me débrouille pour trouver des occupations. Parmi elles, le crime reste ma favorite. En tant que passionnée de romans policiers, bien sûr.

Au moment de quitter la propriété Creyssels, je jouis du spectacle de mon père qui grogne au téléphone. Il a eu droit à un récit détaillé du numéro de Pascalini hier soir au bistrot et il est furieux. Uniforme rabaissé, autorité ridiculisée : en tant que maire sans étiquette, donc de droite, il sait que ça peut se terminer par des têtes coupées. Pas envie de subir l'effet domino, monsieur le premier magistrat.

Papa chagrin, la journée commence bien. Je m'éclipse.

J'ai hâte de voir l'état de mon adjudant. Après avoir descendu sa bouteille de bourbon, il affichait une gueule qui commençait à être intéressante. Peut-être ce matin ressemblera-t-il enfin à un détective torturé par de lourds secrets ? Était-il sérieux quand il a murmuré « Je sais qui a tué » avant de sombrer dans le coma ? L'espace d'un instant, il a semblé visité par une illumination. Clairvoyance de l'ivresse ou délire de l'ivrogne ? On le saura bientôt.

Je suis troublée dans mes réflexions par des cris alors que je longe le jardin de Martine Bonnafous dans lequel prospèrent les plantes qu'elle pique au cimetière. Des « Ah ! », des « Oh ! » et des « Au voleur ! » vociférés par une Martine à la tessiture élargie par des années de chant religieux sous la schlague de l'abbé Saint-Freu. Soudain, je vois une silhouette sauter par-dessus la clôture et retomber dans la rue. Un animal ? Le temps que je comprenne ce qui se passe, une seconde bête fait le mur. Comme elle porte un sac à dos et que j'ai l'étoffe d'une grande détective, j'en déduis que ce n'est pas une bête. En tout cas, pas selon les critères édictés par l'ONU, qui n'a jamais croisé les filles Beekmans. Les monstresses s'enfuient en riant alors que Martine déboule, furax.

— Tu as vu qui c'était ? me lance-t-elle sans un bonjour.

Toujours aussi agréable, la Martine. Tu peux toujours courir pour que je t'aide. Je lui réponds en prenant un accent chinois bien caricatural, pour le fun.

— Non, je refaisais mes lacets.

— On m'a volé un collier précieux ! Alors que j'ai une fibromyalgie !

— Terrible, je compatis.

— Et de l'hypertension !

— Un jour, on m'a volé un collier de nouilles à l'école. C'était dur.

Martine souffle en agitant sa tête pour signifier que décidément je ne sers à rien.

— J'ai dépassé le traumatisme grâce au bouquin de développement personnel d'un moine bouddhiste. Ça s'appelle *Les biens matériels, c'est nul, sauf les tongs*. Je vous le prêterai.

Martine me tourne le dos sans un au revoir.

— La prochaine fois, je cours après les voleurs, promis.

Je l'entends grommeler « Petite conne ».

Ragaillardie par ce compliment qui me va droit au cœur, je reprends ma route en réfléchissant à ce que je viens de voir. Les parents Beekmans ont dû abandonner tout espoir de perdre leurs enfants en forêt. Ils les laissent déambuler dans le village pendant qu'eux potassent un manuel éducatif du type *Comment accompagner un enfant dans son apprentissage en respectant son intégrité, mais en le faisant quand même obéir, ce petit merdeux*, numéro 1 des ventes sur Amazon, catégorie psychologie / jardinage / aquariophilie.

De leur côté, les fillettes mettent à profit ce temps d'éducation en autonomie pour jouer les cambrioleuses. Une idée s'invite : et si les effractions de la semaine chez Joseph et Lucette étaient l'œuvre des sœurs Beekmans ? Le début des cambriolages coïncide avec leur arrivée au village, et voilà que je les prends en flagrant délit chez Martine. Elles sont assez menues pour s'introduire partout en toute discrétion et…

Grand danger.

Un signal d'alerte retentit dans un coin de ma tête. Un coup de majeur sur ma molette, et mon fauteuil se retourne. Mon sang se glace, je suis passée tout près du drame. Face à moi, les sœurs Beekmans. Deux cerveaux de sociopathes enrobés de boucles blondes. Elles se sont faufilées dans mon dos pour réaliser je ne sais quel forfait. Bien essayé, les naines, mais je vous ai eues. J'active la fonction vocale de mon ordinateur et fais retentir mon rire de savant fou : Ha ha ha ha ha haaaaaaaaaaaaaa ! (Ça rend moyen à l'écrit, il faut imaginer le savant fou.)

Les sauvageonnes balancent un rictus carnassier avant de s'enfuir. C'est alors que j'aperçois ce que tient la cadette. Un sac à dos gris. *Mon* sac à dos gris. Celui que je trimballe accroché au dossier de mon fauteuil et qui contient des médicaments d'urgence. Les petites s _ _ _ _ s. (Venez les filles, on va jouer aux pendues.)

Top départ de la séquence poursuite d'un coup de majeur rageur. Ce que mes voleuses ne savent pas, c'est que je chevauche un fauteuil débridé par un ami garagiste, capable de pointes à vingt-cinq kilomètres-heure. Six poneys sous le capot, une folie. Je fais vrombir le moteur, fumer la gomme, crier la boîte de vitesses, ou presque. Un rire dément plus tard, je me lance sur les traces des forcenées.

En fine connaisseuse des films policiers, j'applique la méthode de la filature en milieu urbain, noyée dans la foule, à dix mètres de la cible. Le problème de Margoujols, c'est qu'on est un peu limité question foule. Quelques mamies et quelques autruches au rythme d'une et demie par heure, on reste assez loin du score des Champs-Élysées. Je compense en faisant appel à ma logique toute holmésienne : comme même les animaux sauvages doivent sacrifier aux fonctions vitales (manger, boire et martyriser leurs parents), les fillettes finiront par revenir à la niche.

Je me rends directement chez Gabriel Troucelier où loge la famille Beekmans. À l'approche de « l'ancienne bergerie » vantée par le site de Gaby, qui redeviendra « bergerie » tout court dès que ses protégées bêlantes auront froid aux sabots, je me dis que les sœurs ont des circonstances atténuantes. Après une semaine d'immersion olfactive de l'extrême dans le gîte quatre-fromages de Gabriel, même le Dalaï-Lama mordrait sa mère.

Je me félicite de mon raisonnement, les possédées sont déjà là. Je me fonds dans le paysage en me plaçant à côté d'une borne de recyclage. Elles sont à l'arrière du gîte, à genoux face au mur, en train de desceller une grosse pierre moussue. Intéressant... L'aînée pose la pierre par terre, la cadette plonge la main dans la cachette. Elle en retire un morceau de bois et elle y enfouit mon sac à dos. Une fois la pierre remise en place, les deux sœurs se redressent. C'est alors que je reconnais ce que la cadette tient à la main. Une canne avec un pommeau en forme d'amanite phalloïde. La canne de Lucette Chabal.

Ce sont bien les sœurs Beekmans qui se sont introduites chez la moustachue. J'ai mis la main sur les responsables des cambriolages, toute seule comme une

215

grande. Un mystère s'éclaircit, mais une question se pose. Qu'est-ce que les petites ont bien pu dérober à Joseph ? Sont-elles en possession du fameux carnet ? Il y a un moyen de le savoir, il suffit de fouiller leur cachette. Un moyen d'une simplicité enfantine puisqu'il n'y a qu'à retirer la pierre du mur. Un jeu d'enfant, sauf pour moi. L'handitective.

Lève-toi et marche, comme disait l'autre. Il me faut de l'aide.

10 h 26

J'arrive sur la place de la mairie, et c'est le choc. La population du village vient de doubler. Cinq camionnettes blanches avec des paraboles sur leur toit ont débarqué pendant la nuit. BFMTV, CNews, TF1, France Info et France 3 Régions ont investi la province profonde à la recherche de matière première sanguinolente à disséquer en boucle entre deux tunnels publicitaires sur fond de yaourts proactifs et de serviettes hygiéniques.

Au péril de leur vie, portés par la flamme du droit sacré à l'information, sans même le soutien d'un interprète ou d'un antipaludique, des journalistes affrontent l'autochtone en exhibant leurs gros micros. L'enquête sur les meurtres de Margoujols prend un tournant médiatique. De bonnes âmes villageoises, frustrées du silence des médias, ont dû les contacter. En tant que narratrice, je m'en frotte le majeur. Pascalini risque de moins apprécier.

Mes concitoyens exultent. On a sorti les brushings de Noël, on s'est photoshopé la face au fond de teint, on a traqué le poil rebelle, et on fait la queue en troupeau en attendant son quart d'heure de gloire. Contaminée par l'euphorie générale, je suis à un doigt d'aller huiler mes roues. La télé nous honore de pigistes sous-payés et d'intermittents aux abois, nous sommes enfin pris au sérieux. Cette année, Margoujols paiera la redevance dans la joie.

J'entre chez Magali dont le corsage déborde de bonheur. Son rêve devient réalité, l'hôtel affiche complet, le restaurant refuse du monde et les journalistes s'agitent autour du comptoir où Michel débite du demi en faisant des bruits de tirelire. Seul l'espace investigation de Pascalini est vide. Magali le réserve à son adjudant préféré qui reste aux abonnés absents. Je m'informe.

— Il garde le lit, m'explique Magali.

— Hum… La nuit a été chaude ?

— Pas avec moi, lâche-t-elle dans un soupir.

— Avec Babiloune ? tenté-je avec un espoir de coup de théâtre *gay-friendly*.

— Non, j'ai peur qu'il ait une gastro. Il n'est pas sorti de sa chambre et j'ai entendu plusieurs fois sa chasse d'eau.

C'est une plaisanterie ? Jamais dans l'histoire du roman policier un enquêteur n'a été empêché par une gastro. Pascalini est en dessous de tout. Où peut-on se plaindre ? Auprès de qui demander un remplaçant ? J'ai une histoire à écrire, moi ! Il nous faut une enquête, il nous faut un coupable, la littérature est en jeu. La maréchaussée doit se remobiliser au plus vite. Gastro *or not* gastro.

J'approche de Babiloune qui regarde la télévision avec un groupe de villageois hilares. À l'écran, les interviews de Margoujolais se succèdent pour un grand concours de densité intellectuelle. En vedette : Martine Bonnafous, venue se changer les esprits après son cambriolage.

— Margoujols est sous le choc, lance la journaliste. Un village meurtri par trois crimes abominables avec, je vous le rappelle, des corps découpés en morceaux. Madame, comment vous sentez-vous ce matin ?

— Je fais du diabète, répond Martine, mais en ce moment, ça va, merci.

— D'accord... Avec tous ces corps découpés en morceaux, vous devez vivre dans la peur ?

— Oh non. Vous savez, de nos jours, ça se traite très bien le diabète.

— Je parlais des crimes avec, je vous le rappelle, des corps découpés en morceaux.

— Ah ça, si on ne fait pas attention avec le diabète, on est bon pour l'amputation.

Babiloune et ses compagnons téléspectateurs applaudissent Martine qui a réussi à faire perdre leur sourire au couple de présentateurs-troncs. Ils prennent conscience des risques en termes d'impact sur les yaourts hygiéniques, l'envoyée spéciale est invitée à changer de témoin. Vu la qualité du cheptel margoujolais, je lui souhaite bon courage et je me tourne vers Babiloune.

— Vous pourriez réveiller Pascalini ?

— J'ai essayé, il ne répond pas. Ça a dû lui faire un choc de voir qu'il y avait des journalistes partout. Déjà qu'il était déprimé...

Un fonctionnaire assermenté qui fait du boudin dans sa chambre. On croit rêver.

— Il pensait à quoi, hier soir, quand il a dit qu'il savait qui avait tué ?

— Aucune idée.

Je ne peux même pas monter remotiver mon détective souffreteux. Il faudrait que je fasse le deuil de mon enquêteur, après deux cent vingt pages ? Pas question.

— Babiloune, j'ai une piste à suivre. On va y aller tous les deux.

— À vos ordres.

Quand les journalistes voient apparaître l'uniforme de Babiloune, ils laissent tomber les villageois pour se ruer vers lui. Nicole Troucelier crie son indignation et retient par la manche le cameraman qui devait la filmer. Elle en a eu pour quinze euros de kit « balayage mèches cristal », elle n'abandonnera pas son os.

Une nuée de Parisiens aux neurones affolés par le déficit en dioxyde de carbone dans l'air lozérien réclament quelques mots à Babiloune : « Êtes-vous sur les traces d'un tueur en série ? », « Les meurtres ont-ils un lien avec la consanguinité alcoolique des attardés mentaux qui peuplent la province ? », « Mangez-vous des yaourts proactifs ? »

Déstabilisé, Babiloune se gratte la tête, se racle la gorge, puis se penche vers les micros et déclare :

— Vous connaissez la différence entre un policier français et une pompe à vélo guatémaltèque ?

En laissant derrière nous les journalistes en train de rédiger une alerte info à base de pompe à vélo qui sera disséquée sur les plateaux par des experts du cyclisme guatémaltèque, je félicite Babiloune. On ne l'a pas beaucoup entendu depuis le début de cette histoire, mais il va peut-être nous surprendre maintenant que Pascalini est indisposé. Les personnages secondaires, trop souvent réduits à un stéréotype, peuvent rarement montrer de quoi ils sont capables. Saisis ta chance, Babiloune, prouve que tu existes.

— Quand j'étais au collège, j'avais un ami comme vous, se souvient Babiloune qui a compris qu'il devait livrer de son intimité pour se donner une épaisseur psychologique.

— Le genre qui bave sur roulettes ?

— Non, le genre qui a le sens de la repartie. Je voulais qu'il m'apprenne.

— Ça ne s'apprend pas, c'est de naissance. Comme mon corps de rêve.

— Voilà, vous avez fait de l'humour du tac au tac. Moi, je n'y arrive pas.

— Tout à l'heure, avec votre pompe à vélo, vous ne vous êtes pas mal débrouillé. C'était drôle.

— C'est vrai ? s'éclaire Babiloune.

— Non, je déconne.

— Oh, s'attriste mon camarade, j'ai pris votre compliment au premier degré.

— Mais non, je déconne en disant que je déconne.

— Ah ?

— C'était vraiment drôle.

— C'est vrai ?

— Non, je déconne.

Je laisse éclater mon rire de savant fou, le pauvre Babiloune est tout perturbé. On reprendra nos leçons sur l'humour un peu plus tard, car nous voilà presque arrivés à la bergerie Troucelier. C'est dingue comme le temps passe vite dans cette histoire.

— Excusez-moi, je pourrais vous parler ?

Qui ose nous déranger alors que nous sommes enfin prêts à explorer la cachette des sœurs Beekmans ? Non seulement je dois raconter l'enquête, mais je dois aussi la mener après la défection de Pascalini. Pas le temps de papoter.

Je vois à la tête de Babiloune qu'il se passe un truc pas net. Ses pommettes ont rougi, ses yeux brillent, sa bouche est ouverte comme pour aérer une cervelle en surchauffe. Je me retourne et je comprends. C'est une femme qui nous a interpellés. Brune aux yeux verts, la trentaine épanouie, le tailleur ajusté, la poitrine en obus de 12, elle est magnifique. En tant qu'entité affublée d'un brouillon approximatif de corps féminin, je la déteste dès le premier regard.

— Vanessa Leguerrec, TF1, annonce la beauté en tendant ses doigts manucurés à Babiloune. Vous auriez un instant à m'accorder ?

— Bien sûr, bredouille Babiloune en donnant sa main que Vanessa garde un peu trop longtemps dans la sienne, la fourbe.

Comment ça, « Bien sûr » ? Je te rappelle qu'on a du boulot, Babiloune. On s'intéresse aux cadavres refroidis, pas aux chaudes journalistes.

— Je travaille sur les meurtres de Margoujols. Pourriez-vous me dire où en est l'enquête ?

— C'est que… c'est confidentiel… Je n'ai pas le droit…

— Vous avez un suspect ? minaude la sournoise avec ses lèvres gigoteuses.

Babiloune se laisse bercer par le chant des sirènes. Il faut que j'intervienne avant le naufrage. Notre odyssée policière est en jeu.

— Babiloune, on est pressés.

— Simple curiosité, continue l'amazone sans me jeter un regard. Ça restera entre nous.

— On ne révèle rien d'une enquête en cours à la presse. (J'insiste.)

— Oh, ça parle ? s'étonne la perfide en se tournant enfin vers moi pendant que Babiloune bafouille quelques mots incompréhensibles.

— Oui, il se trouve que j'appartiens au genre humain.

— Vous avez raison de le préciser, persifle-t-elle en dévoilant ses canines. On pourrait se méprendre.

Ouh... La sorcière attaque en frontal. Rarissime de voir quelqu'un se passer d'une première approche compassionnelle à mon égard. Je suis impressionnée.

— Votre sollicitude me touche. On ne m'a jamais parlé avec autant de bienveillance.

— Tout le plaisir était pour moi. Bon, maintenant que j'ai fait ma B.A., soupire-t-elle en me montrant Babiloune, vous permettez que je discute avec une vraie personne ?

Au moins, ce n'est pas l'hypocrisie qui l'étouffe. J'apprécie. Si, si. Je n'ai pas souvent d'adversaire qui avance à visage découvert pour m'offrir une chance d'exprimer ma vraie nature. Alors qu'elle entreprend à nouveau Babiloune, dont le système hormonal est maintenant hors contrôle, je me relance dans la partie :

— D'une certaine façon, vous avez raison.

— J'ai toujours raison, ma chère. C'en est presque lassant.

— Je suis un être hybride.

— Génial. Faites une vidéo sur YouTube.

— Mi-femme, mi-machine.

— Vous aurez du like, les gens adorent pleurnicher sur les handicapés.

— Avec le pouvoir d'éteindre les sourires satisfaits sur les visages botoxés.

Vanessa fronce les sourcils, marque un temps d'hésitation, je profite de la lucarne. J'active mon majeur, j'ajuste ma cible, je chatouille ma molette et j'attaque à mon tour en frontal. Fauteuil anguleux *vs* tibia de pétasse, ça passe et ça casse.

Vanessa hurle de douleur. Son sourire s'efface, ses traits s'affaissent, elle encaisse dix ans d'un coup, j'en lâche une giclette de bonheur. Je prends mon élan pour la deuxième couche alors que Babiloune, marabouté, affirme son autorité en balbutiant un « Enfin, arrêtez » de douze décibels. Je mets les gaz. Vanessa dégoupille son instinct de survie et tente de s'échapper. J'opère un demi-tour en dérapage contrôlé, je lui ruine un escarpin, je lui rabote deux orteils et j'emporte un morceau de collant en guise de trophée. Je fais comprendre à Babiloune qu'il a intérêt à me suivre sans moufter s'il ne veut pas être le prochain sur ma liste. Et je laisse la sirène échouée pleurer de rage à terre en se repassant le film. *Fast & Furious : Margoujols ride.*

Plaisir d'offrir, joie de recevoir.

10 h 50

— Qu'est-ce qui vous a pris ? s'inquiète Babiloune alors que nous faisons face au gîte Troucelier, ma batterie mentale rechargée à bloc après cette sympathique récréation car, soyons honnête, la vengeance reste la meilleure des thérapies.

— À quel sujet ?

— La journaliste. Vous lui avez fait mal.

— Je voulais lui faire un câlin, mais avec ce satané fauteuil...

— C'est vrai qu'elle a peut-être été un peu maladroite...

— Moi aussi, j'ai été maladroite. Je voulais lui scier les genoux, et j'ai raté.

— La violence n'est jamais une solution.

— C'est à l'école de gendarmerie qu'on entend des trucs pareils ? Non mais, où va le monde ? Les soixante-huitards ont même noyauté la maréchaussée, c'est la chienlit intégrale.

— C'est ma mère qui m'a appris ça.

— Elle était tétraplégique ?

— Non.

— Tout s'explique. Moi, je peux vous dire que la violence est une excellente solution. Par exemple, là, cette discussion commence à m'agacer. Si je vous rentre dedans avec mon fauteuil, ça va l'arrêter net. C'est ce qu'on appelle une solution. On teste ?

— Euh…

— Ou alors on se reconcentre sur notre enquête ?

— Hum… Je vais prendre l'enquête.

— Excellent choix. Regardez, vous avez devant vous la cachette des filles Beekmans.

— Où ça ? interroge Babiloune en scrutant le mur du gîte.

— Cinquième pierre en partant de la gauche, soixante centimètres du sol.

J'explique à Babiloune le manège des deux sœurs et mes soupçons sur leurs activités lupines, version Arsène.

— À vous de jouer. Pensez à la France.

Babiloune passe en service commandé et s'attaque à la pierre qu'il retire avec facilité. Il plonge sa main dans l'ouverture et fouille en tirant la langue car il paraît que ça aide. Il en extrait mon sac à dos que je lui demande de replacer sur le dossier de mon fauteuil. Puis il récupère une collection de sets de table à l'effigie de Jean-Paul II, un faune priapique en cep de vigne, le collier de Martine Bonnafous en toc véritable, quelques bonbons à la menthe à peine sucés, une boule à neige du Sahara, une belette empaillée revêtue d'une robe à fleurs, un dentier jaunâtre dans son verre à moutarde, une gaine de maintien antibourrelets et un florilège de plumes d'autruche. Enfin, Babiloune

extirpe la pièce maîtresse de cette caverne aux trésors :
un carnet noir.

Le carnet de Joseph. Celui dans lequel l'homme-
homard consignait les secrets des habitants de
Margoujols. La pièce à conviction essentielle, sans
doute le mobile du crime. Volé par les furies, retrouvé
par mes soins. Je gagne ma première étoile de détective. Je savoure.

— Nous vivons un moment clé de cette histoire,
Babiloune.

— Je le note.

Un claquement de porte dans notre dos nous fait nous
retourner. Juste le temps d'apercevoir une silhouette
disparaître à l'angle d'une ruelle. Pietro ? Il m'a semblé
reconnaître la démarche caoutchouteuse de mon ami.
Je l'appelle, il ne réapparaît pas. Il n'a pas dû nous voir,
sinon il serait venu me saluer. Qu'importe, le principal
nous brûle les doigts. Le carnet de Joseph.

Babiloune l'ouvre devant moi. Apparaît une écriture
minuscule, des pattes de mouche alignées avec un soin
maniaque. Je lis et je ne comprends pas. Babiloune
tourne les pages. Encore et encore. Je n'en crois pas
mes yeux. Ce que je découvre est tellement incroyable
que ça mérite que j'aille à la ligne.

Et même que je change de chapitre.

11 h 08

— On ne s'attendait pas à ça, constate Babiloune.

— Tu l'as dit, je suis sur le cul.

— En même temps, vous êtes toujours sur le cul.

Je fixe Babiloune, soufflée. Pour quelqu'un qui n'a pas d'humour, il apprend vite. J'actionne mon klaxon version *pouet, pouet* pour signifier que je valide.

— C'est rapport au fauteuil. Comme vous êtes toujours assise…

— Babiloune, faute grave ! On n'explique jamais une vanne. Mais bravo quand même. Elle était bonne, votre repartie.

— C'est normal, je l'avais préparée depuis deux jours.

— C'est vrai ?

— Non, je déconne, lâche-t-il en éclatant de rire.

Babiloune s'étouffe, pleure et crache, content de son coup. Voilà que je me fais chambrer par mon personnage secondaire ! Ils ne savent plus se tenir, ces stagiaires. Et avec ces bêtises, on perd du temps. Il faudra que je coupe cette scène de dialogue qui retarde le moment tant attendu de la révélation du contenu du carnet de Joseph.

Voilà la surprise : le carnet ne contient pas un seul ragot, pas une médisance, pas une insulte, pas un seul mot sur les habitants de Margoujols. Ce n'est pas un ramassis d'ordures lexicales, pas un condensé de secrets de famille, pas une bombe à retardement à base de turpitudes villageoises. Non. Le carnet de Joseph est un recueil de poèmes.

Je répète pour ceux qui se frottent les yeux car ils pensaient que Joseph n'était qu'un personnage cliché de vieux grincheux étranger à toute complexité psychologique : l'homme-homard tricotait de l'alexandrin en secret.

Des odes à la nature, aux animaux, au cosmos. Du vers lyrique, de la rime bucolique, de la strophe idyllique, du sonnet pastoral, du rondeau bocager, de l'allitération forestière, de la poésie en pack de douze pieds. Joseph le monstre crachait sur l'humanité pour mieux célébrer la nature. Le bougre, il nous a bien eus.

Je lis, encore et encore. Le pire, c'est que c'est beau.

— C'est beau, non ? remarque d'ailleurs Babiloune.

C'est dommage pour mon lecteur parce que je n'ai pas le temps de lui recopier quelques vers (mais c'est beau). L'important, ça reste d'avoir vécu un moment d'émotion amplifié par la révélation du double visage de l'homme-homard. Merci Joseph. Avouons cependant que tout ça ne nous arrange pas des masses question enquête. Comme Joseph n'a consigné aucun secret, on se retrouve au point mort, sans coupable, sans mobile.

— Babiloune, vous avez fouillé jusqu'au fond ?

— Je sais pas… Et s'il y avait une bête ?

— Vous êtes candidat à la fonction de personnage principal. Vous ne pouvez pas avoir peur des bêtes.

— Je regarde.

Babiloune entre son bras jusqu'au coude, tâte, retâte, puis, inquiet, continue à progresser jusqu'à l'épaule. Il grimace, il transpire, puis il s'éclaire. Il a quelque chose.

— J'ai quelque chose ! (C'est confirmé.)

Du trou, Babiloune extirpe une boîte en bois. Un vieux coffret ouvragé. Mon cortex synthétise les informations collectées au cours des journées d'investigations avant de livrer sa conclusion : pièce identifiée. Ça ressemble en tout point à la description du coffret aux secrets de Balthazar Britiescu.

— Ouvrez-le, Babiloune. C'est trop de suspense.

— Il est fermé à clé.

— Vous voulez attendre l'apparition d'un lutin qui vous donnera la clé contre la résolution d'une devinette, ou vous allez vous débrouiller ?

— Il vaudrait mieux l'apporter à l'adjudant. On ne sait pas ce qu'il y a dedans.

— Au cas où il y aurait une bête ?

— C'est ça.

Je craque :

— Bouge-toi, Babi ! Ouvre-moi ça, et vite !

— OK, je vais chercher un caillou pour casser la serrure.

Babiloune s'exécute pendant que mon regard est absorbé par le trou dans le mur. Les sœurs Beekmans stockaient leurs trésors comme des écureuils leurs noisettes. Des écureuils déments.

Un bruit dans mon dos me sort de mes pensées. Un bruit de chute.

Je tente un « Babiloune, ça va ? » sur mon clavier, mais mon ordinateur est éteint. Bizarre. J'actionne la molette pour me retourner, le fauteuil ne répond pas. Étrange. J'insiste, je m'irrite le majeur, rien. Que se passe-t-il ? Le gendarme est K.-O. et mon fauteuil H.S. ? Je n'ai rien contre les coïncidences, la vie en est pleine, mais ça ne fonctionne pas dans les histoires policières. Un AVC de Babiloune en même temps qu'un faux contact de ma machine est à exclure. Le lecteur ne l'accepterait pas.

Il n'y a qu'une explication possible : Babiloune a été agressé. Par quelqu'un qui a aussi débranché ma batterie. Je suis incapable d'aider mon Watson. Je ne peux même pas me retourner. Superdétective, on m'applaudit.

Je reste à cuire cinq bonnes minutes mais personne ne vient. Tous les villageois sont sur la place de la mairie à s'épuiser en parades amoureuses pour séduire les caméras. Je suis seule au monde, comme d'habitude.

Un nouveau bruit dans mon dos. Ami ou ennemi ? Un frisson m'agite d'un tremblement inédit. Suis-je sauvée ou condamnée ? Vais-je mourir ou rester tétraplégique ? Ma bouche s'assèche, ma glotte s'affole, mes intestins entament une torsion de type nœud coulant. Qui est là ?

— Un bonbon ?

Oh non, c'est pas vrai, le vieux Delforn… Ses chicots cliquettent de la joie de me voir. D'habitude on se croise en coup de vent, avec ma manie d'accélérer quand je vois s'avancer un bonbon à la menthe prolongé d'un filet de bave. Mais aujourd'hui, je suis offerte comme une héroïne de Jane Austen trop longtemps courtisée qui cède enfin aux assauts fougueux d'un Oxfordien à mèche. Sauf que là, c'est le vieux Delforn et il n'a plus de mèche depuis longtemps… Un peu de malsain dans un polar, vous me direz que ça respecte le cahier des charges, mais l'attouchement grabataire mentholé sur personne dépendante, je me demande si on ne va pas un peu loin. Euh… Au secours ? Je pourrais tenter une surproduction de bave dans l'espoir de dégoûter mon prétendant, mais c'est risqué. Il ne faudrait pas que ça lui affole la libido à ce gâteux… Coup d'œil à gauche, coup d'œil à droite, d'où peut venir le salut en ces périodes de centrisme mou ? Une fois n'est pas coutume, il vient du ciel. Dans un cri déchirant.

— Michael Jacksonnnnnn !

Le perroquet de Pietro fond sur le vieux Delforn et lui chope son bonbon au péril de sa flore intestinale. Dépourvu de munitions, désemparé face à un ennemi qu'il sait capable d'entonner l'intégrale des Jackson Five sans sommation, Delforn s'enfuit sans demander son reste après un dernier regard vicieux déposé sur ma plastique affriolante, hommage du gentleman.

Le perroquet se perche sur mon fauteuil. Tu es chez toi, mon grand.

— *Beat it ! Beat it !* Viens sur mes genoux, mon petiiiiiit !

Soulagement, production massive de dopamine, pause intestinale. Mais quelque chose me tracasse. Michael n'est jamais loin de son maître. Ça me confirme que c'est bien Pietro que j'ai vu il y a quelques minutes. Où est-il à présent ?

— Fais un bisou à tonton Michaeeeeeeel !

Les battements de mon cœur s'accélèrent. Une idée atroce veut s'imposer de force dans mon esprit. Pietro est au courant que nous sommes sur les traces du coffret... Et s'il savait ce qu'il contient ? S'il avait caché des choses à Pascalini ? Si c'était lui qui... Non, c'est impossible. Pas l'amuseur public, pas mon ami !

J'entends à nouveau du bruit dans mon dos. Mes intestins reprennent leur atelier nœud marin. Le cortisol en embuscade vire la fragile dopamine et déverse du stress pur dans mes veines. Ça ne peut pas être Pietro. Il ne peut pas me vouloir du mal. Ce doit être les secours. Oui, c'est ça, ce sont les secours. Ils apparaissent enfin dans mon champ de vision. Ils sont...

Mauvaise pioche.

Dans la famille Beekmans, je demande les sœurs psychopathes. Elles sont là, devant moi, avec leurs têtes de poupées Chucky, et je n'ai aucun moyen d'agir. Rien d'étonnant en soi : dans les romans policiers, le personnage principal se retrouve toujours en mauvaise posture à un moment ou à un autre. Sauf que j'avais prévu d'éviter ce motif trop rebattu pour ne pas tomber dans le cliché.

Les sœurs Beekmans se moquent des clichés, elles se fichent de la littérature, ce sont des descendantes de Vikings, des barbares. Elles désignent leur cachette profanée dans le mur, les objets que nous avons récupérés, puis passent un pouce sur leur gorge en signe d'affection. Elles se demandent qui elles

233

vont désosser en premier de mon fauteuil ou de moi. Ffffffffffffchiééééééééééé.

Mes options sont réduites. Fuite impossible, bagarre exclue, appels au secours impraticables, il me reste la prière. D'un point de vue narratif, c'est pauvre. Sur le plan du pronostic vital, c'est risqué. Sous un angle métaphysique, ça peut être intéressant, sauf que je n'ai pas la foi. Je ne vais pas tout à coup me repentir de mes péchés et demander à Dieu d'accueillir sa brebis égarée comme un paysan du Larzac. « Notre Père qui es odieux, que ton nom soit… » Non, ça ne va pas passer. Mes parents m'ont bien fait suivre quelques mois de catéchisme avec l'abbé Saint-Freu, mais ils ont vite compris que j'étais en froid avec le concept d'un Dieu bon et généreux qui prend soin de ses créatures. L'abbé ne voyait pas d'où venait mon problème avec le Seigneur, il a mieux saisi quand je lui ai expliqué en lui roulant dessus.

Comme une amie de la famille, catholique fatigante, me répétait sans cesse que la foi pourrait m'aider à mieux vivre, je me suis convertie au pastafarisme, cette religion venue des États-Unis qui vénère le *Flying Spaghetti Monster* et qui invite ses adeptes à se balader avec une passoire sur la tête. L'amie de la famille ne m'a plus jamais adressé la parole, ce qui tend à prouver que la religion améliore effectivement l'existence. Pour autant, est-il bien raisonnable de prier un monstre en spaghetti volant alors que des groupies de Belzébuth sont sur le point de vous métamorphoser en kebab ? La réponse est oui.

Soudain, à la surprise générale, le monstre en spaghetti volant exauce mes vœux, alors que j'étais sortie sans ma passoire. Le miracle prend forme au bout de la rue en la double personne des parents Beekmans. Ils ne sont qu'à cent mètres, ils devraient arriver avant que je sois totalement démembrée. Pourtant, quelque chose cloche. L'angoisse reprend du poil de la bête, les Beekmans ont changé de visage. Ils n'ont plus leurs faciès de victimes dépassées par l'ouragan de leur progéniture. Ils affichent un rictus mauvais. Le même que leurs filles…

Alors, je comprends tout. Comment n'y ai-je pas pensé plus tôt ? Le coup des personnages secondaires insoupçonnables. Les coupables dissimulés sous les traits d'inoffensifs figurants apparaissant en toile de fond de l'intrigue. Technique éprouvée. C'est bien la peine d'avoir lu autant de romans policiers pour me faire avoir comme une bleue. Des cambriolages, trois meurtres et une profanation de cercueil en quelques jours. Et, comme par hasard, tout a commencé à l'arrivée des touristes nordiques… J'aurais dû me méfier. Tout le monde sait depuis les romans *Millenium* que les Scandinaves passent leur temps à dissimuler leurs sombres turpitudes sous la blondeur virginale de leurs têtes d'État-providence.

Voilà pourquoi les Beekmans restaient au village malgré les meurtres… N'importe quelle famille sensée aurait pris ses jambes à son cou dès le premier cadavre. J'ai voulu voir dans leur présence le désir secret du couple d'offrir sa progéniture en sacrifice à l'ogre, mais je me fourrais le majeur dans l'œil. Ce sont eux, les ogres !

Qui sont-ils ? Que veulent-ils ? Y a-t-il un lien avec Balthazar Britiescu ? Le directeur du cirque avait-il vraiment un trésor caché ? Les Beekmans sont-ils prêts à tout pour le trouver ?

En tout cas, ils ont choisi leur prochaine victime.

11 h 16

— Comment ça le va bien, Julie ? Le bonjour de l'à vous.

Les Beekmans commencent leur torture par les oreilles. Les pervers.

— Quelle journée beau et saperlipopette grâce au l'été avec soleil.

Ils s'expriment en Google Traduction pour me laminer le conduit auditif à petit feu. Les vicieux.

— Votre trône ne roule plus bien comme il faut peut-être hein ?

Mon agonie sera longue.

— Nous pouvirons aider si voulez-vous aider nous vous ?

La mère Beekmans disparaît dans mon dos, l'ennemi veut me prendre en tenaille. Je l'entends tripoter ma batterie, la garce. Elle veut faire sauter la machine ?

Tout à coup, mon ordinateur s'allume et ma paranoïa s'éteint. Ma molette répond à nouveau, je me suis fait mon film. Les Beekmans ne sont pas hostiles, ils m'ont réparée, je suis ridicule. Je joue la diversion en bavant un peu, histoire de garder ma dignité.

— Votre ami est ensiesté ? Beaucoup fatigué ? Il avoir des enfants ?

Babiloune ! Je me retourne vers le pauvre gendarme que les filles Beekmans réveillent par de chaleureux coups de pied dans les côtes. Je regarde autour de lui. Le coffret a disparu. On nous a volé la clé du mystère, on nous a confisqué notre dénouement, et nous voilà repartis pour au moins soixante-dix pages alors qu'un bon polar gagne toujours à être concis.

Babiloune ouvre les yeux et se redresse péniblement. Ses lèvres frémissent, il va parler. On a le choix entre « Où suis-je ? » et « Qu'est-ce qui m'est arrivé ? ». Cinquante-cinquante.

— Qu'est-ce qui me suis-je ?

Sacré Babiloune, le roi de la synthèse.

— On vous a assommé. Vous n'avez pas aperçu votre agresseur ?

— J'ai vu un tunnel avec une lumière au bout.

Houlà…

— J'ai entendu une musique céleste.

On est en train de perdre notre stagiaire. Vite, il faut réagir.

— Babiloune, concentrez-vous sur mon fauteuil. Ça vous plairait de faire un tour dessus ?

— Oh oui…

— Dans ce cas, faites un effort. Qu'avez-vous vu ? Où est le coffret de Balthazar ?

— Je ne sais pas… Je ne me rappelle rien…

— Vous voudrez chercher un quelque chose ?

Les Beekmans veulent toujours aider, mais leurs rictus restent effrayants. Je décide de mettre les roues dans le plat.

238

— Qu'est-ce qui est arrivé à votre visage ?

— Nous estimons que c'est un allergique. Nous avons réveillé comme ça et il ne bouge plus. Nous étions dû ingurgiter un mauvais chose.

Une allergie… Voilà pourquoi ils ressemblent au Joker dans *Batman*, en plus pervers… Ils ont peut-être mangé de l'autruchon pas frais, mais je penche plutôt pour une réaction au gîte de Gabriel. Huit jours à dormir là-dedans, c'est déjà un miracle que leurs organes fonctionnent encore.

Les filles Beekmans observent leur cachette béante avec dans leurs yeux une envie de déclencher une apocalypse nucléaire. Je dois me reconcentrer sur l'enquête. Le coffret de Balthazar contient la solution de l'énigme, sinon personne ne prendrait le risque d'agresser un gendarme en plein jour pour le récupérer. Il me faut une idée, elle arrive.

— Monsieur et madame Beekmans, j'ai besoin de vos filles.

— Pas le problème. Nous pouvons vous prêter elles.

— Longtemps aussi que vous voulez.

— Même donner c'est possible.

Je calme les Beekmans dans leur accès de générosité et je leur explique que leurs filles se sont introduites dans des maisons pour dérober des objets. Ils ne se montrent pas surpris.

— Elles ont pris que objets ?

— Oui… Je crois.

— Pas fait incendie ?

— Pas actes de barbarie ?

— Non…

— *Good*. Éducation bien marcher.

239

Pas de stress, Julie, ces gens vont bientôt partir retrouver leurs igloos. Leur progéniture pourra recommencer à chasser l'ours blanc à mains nues et le village retrouvera la paix, avec notre *serial killer* bien de chez nous. Un peu de patience.

J'ai besoin que les filles me montrent la maison où elles ont piqué le coffret. Si on part du principe que c'est Lucette Chabal qui a ouvert le cercueil de Balthazar, il y a deux possibilités. Soit les sœurs me conduisent chez la moustachue et ça veut dire qu'elles ont volé le coffret avant qu'elle soit assassinée. Soit elles m'emmènent devant une autre maison et alors il y a toutes les chances de se trouver face à la tueuse. La mystérieuse femme au visage pâle.

Les Beekmans s'adressent à leur progéniture avec toute la conviction des pays neutres. D'après les regards homicides qu'elles me lancent, les petites semblent bien parties pour une coopération harmonieuse. Finalement, les parents comprennent qu'on ne négocie pas avec les terroristes. Lorsque la parole est inefficace, il faut passer aux actes forts : sans une hésitation, ils dégainent leurs iPhone et les tendent aux enfants en baissant la tête. Les fillettes empochent avec le sourire affectueux du pervers narcissique. La diplomatie a triomphé, elles sont prêtes à aider.

— Bonjour, messieurs dames. Ça va, Julie ? On s'est fait des copines ?

Des voix familières s'invitent aux réjouissances. Ce sont Gaston et Nicolaï qui promènent leurs os fatigués. Leur présence me rassure, leurs visages fripés me réconfortent. J'ai besoin de soutien et mes vieux monstres apparaissent, c'est un signe. Je vais leur demander leur aide. Voilà une idée géniale : rendons visite à la tueuse en équipe, à l'américaine !

Des images dignes des meilleurs films de braquage d'Hollywood s'invitent dans mon esprit. La petite taille de Gaston lui permettra de se faufiler dans la maison du monstre sans se faire repérer. Pendant que Pietro fera diversion avec un festival de contorsions devant l'antre du mal, notre cambrioleur miniature récupérera le coffret de Balthazar. En cas de coup dur, Nicolaï fera exploser la porte et maîtrisera l'assassin de ses muscles de titan. Ce sera le baroud d'honneur des vieux du cirque, la revanche des déclassés, la rédemption des infirmes sur fond de coucher de soleil avec plein de violons. Ce sera beau, ce sera émouvant, ce sera guimauve : de temps en temps, ça fait du bien.

Sauf qu'il y a du faux raccord dans l'air.

Un frisson remonte de ma couche mouillée. L'angoisse repointe son nez comme un voisin envahissant. Les questions reprennent leur valse. Où est Pietro ? Où se trouvait-il pendant que Babiloune se faisait agresser ? Que viennent faire ici Gaston et Nicolaï, juste après le vol du coffret ? Hasard ? Coïncidence ? Amis ou…

Le nain et le colosse me fixent de leurs yeux délavés, je reste muette. Je sais que les plus beaux coups de théâtre naissent avec la révélation de la culpabilité des proches, des familiers, des gentils insoupçonnables. Et si mes amis étaient impliqués dans les meurtres ? Je ne connais rien de l'histoire du cirque Britiescu, rien de ce qui s'est réellement passé lors de la mort de Balthazar, rien de ce que le coffret représente pour eux… Je suis toute seule. Encore une fois.

Babiloune et les sœurs Beekmans attendent mes ordres en faisant des selfies, mais je suis sans voix. La mélodie des *Aventuriers de l'arche perdue* retentit, il ne manquait que ça. C'est le téléphone de Babiloune. Le stagiaire répond au garde-à-vous.

— Oui, mon colonel ? D'accord... Oui... Bien... Parfait... Affirmatif... C'est noté... Je vais lui transmettre au plus vite. Mes respects, mon colonel.

Babiloune se tourne vers nous, resplendissant du bonheur de savoir ce que les autres ignorent. Il a conscience que nous sommes suspendus à ses lèvres, il profite de ce moment si rare où il est le centre de l'attention. Il nous regarde un par un pour s'assurer de notre impatience, puis il livre son rebondissement.

— On a une piste ! C'est incroyable mais la meurtrière a signé ses crimes sur Internet !

11 h 28

La tueuse s'exprime sur Internet ? Mon cerveau a du mal à intégrer l'information. En temps normal, j'aurais accueilli une nouvelle péripétie avec enthousiasme, mais là je sature. Trop de questions, trop d'émotions.

Les parents Beekmans congratulent Babiloune, car ils ont compris que le stagiaire venait d'avoir un bébé (on n'est pas près de faire l'Europe des peuples, c'est moi qui vous le dis). Gaston et Nicolaï échangent un regard que je ne peux m'empêcher de trouver bizarre, comme s'ils nous cachaient quelque chose. C'est peut-être moi qui me fais des idées… Comment savoir ?

— L'adjudant Pascalini ne répond pas au téléphone, m'explique Babiloune. Le colonel qui supervise le travail des experts sur les crimes de Margoujols m'a contacté pour que je transmette. Ils ont trouvé sur Internet des textes qui revendiquent les meurtres.

— Bravo, magnifique ! assure le père Beekmans.

— Comment appeler vous le bébé de vous ? s'intéresse la mère.

— C'est dément, s'excite Babiloune. Une tueuse qui raconte sa vie sur un blog, comme dans les films américains quand le *serial killer* nargue la police. D'ailleurs, elle a un nom américain, cette femme.

— Comment s'appelle-t-elle ? s'informe Gaston.

— Oui, quoi c'est ? insiste la mère Beekmans, émue.

— Euh… C'est comme Indiana Jones mais pas pareil… Ah oui ! Elle se fait appeler Winona Jane. Marrant, non ?

— C'est une blague ? s'étonne Nicolaï.

— Non, c'est très beau et joli nom pour la bébé ! assure le père Beekmans.

— Subliminal ! confirme la mère.

Winona Jane ? Deux mots que j'aurais préféré abandonner dans un recoin de mes conduits auditifs. Dix lettres qui s'impriment en rouge sur la paroi de mon cortex, police de caractère 72. Winona Jane. C'est un choc pour moi.

— Ça vous dit quelque chose ? demande Babiloune.

Gaston et Nicolaï font non de la tête. Les Beekmans répondent : « L'important, c'est de l'avoir du autorité avec la bébé. » Babiloune insiste, surpris de mon silence.

— Et vous, Julie ? Vous avez déjà entendu ce nom ?

La surprise est telle que j'ai du mal à respirer. Ça commence à faire beaucoup pour la matinée. Mon esprit s'embrouille. Tout le monde me regarde. Ils ne comprennent pas pourquoi je ne réponds pas.

— Ça doit être les piles, persifle une voix surgie de nulle part et destinée à y retourner. C'est que ça fatigue vite, ces jouets-là.

Non, pas elle. C'est un cauchemar.

— On va vous appeler un mécano, ne vous inquiétez pas. Et puis, on vous fera la vidange. Ce sera pas du luxe...

Vanessa Leguerrec, journaliste de TF1, chef du service des sangsues, fait son *come-back*. Elle boitille un peu mais elle a eu le temps de se refaire une beauté. Je prépare ma molette, prête à repartir à l'assaut, sauf que la sournoise est rusée. Elle s'est placée derrière Gaston et Nicolaï. Stratégie du bouclier humain, tous les terroristes connaissent.

— Winona Jane, articule Vanessa à l'adresse de Babiloune. Vous pourriez m'en dire un peu plus ?

J'aurais bien voulu terminer mon travail et aplatir l'ennemi sous mes roues, mais il y a urgence. Il faut que je parte. J'ai quelqu'un à voir au plus vite.

— Je n'ai pas le droit de communiquer d'informations sur une affaire en cours, récite Babiloune alors que Vanessa rapproche de lui ses paupières papillonnantes.

— Je comprends, lieutenant.

— Je ne suis pas lieutenant, déglutit Babiloune.

— Vous devriez. La valeur n'est pas assez reconnue.

— Je... je vais vous demander de nous laisser travailler.

— Faites donc, je vous en prie. J'adore admirer les experts à l'œuvre.

Babiloune se laisse hypnotiser par le serpent, il n'est plus qu'à deux doigts de se faire dévorer tout cru. T'as intérêt à résister, sinon tu ne monteras jamais sur mon fauteuil (et, si tu veux mon avis, tu ne monteras pas non plus sur Vanessa).

— Madame, intervient Nicolaï, nous sommes en deuil. Pourriez-vous nous laisser, s'il vous plaît ?

Je remercie la maladie d'Alzheimer qui a permis l'intervention de Nicolaï en lui faisant oublier qu'il aimait les femmes sexy. Vanessa dévisage le colosse octogénaire avec un sourire en coin. On la sent prête à tenter une vacherie suicidaire devant le géant, tel le scorpion qui se pique lui-même parce qu'il ne peut pas lutter contre sa nature. Elle est sauvée par son téléphone qui crache à cet instant la musique des *Dents de la mer*.

— Excusez-moi, une urgence. Paris. La civilisation.

Vanessa s'éloigne, son téléphone à l'oreille. Babiloune se rapproche de moi.

— C'est bon. On y va ?

Cette fois je réponds, et c'est non. J'annonce que je ne peux pas rester batifoler car j'ai oublié un rendez-vous très important avec quelqu'un de très important. Bref, c'est très important.

Babiloune, Gaston, Nicolaï et les Beekmans me fixent avec la perplexité du cinéphile découvrant un chef-d'œuvre croate sous-titré en turc.

— On ne part pas à la recherche du coffret de Balthazar ? s'étonne Babiloune.

— Vous savez où est le coffret ? demande Gaston, surpris.

— On peut vous aider ? propose Nicolaï.

— Tout à l'heure. Là, j'ai une urgence.

— Je comprends, je suis désolé, s'excuse Babiloune (qui doit penser que j'ai effectivement besoin d'une vidange). Prenez tout votre temps. De mon côté, je vais transmettre l'information sur Winona Jane à l'adjudant

Pascalini. Une bonne nouvelle qui devrait l'aider à sortir du lit.

Je m'éclipse sous le regard compatissant de mes amis qui ne se doutent pas une seconde que je leur ai menti. Comme mon visage ne trahit jamais la moindre émotion, je suis douée pour le mensonge. Je mens souvent parce que c'est amusant. Là, j'ai menti par nécessité. Car je sais qui est Winona Jane.

Je la connais même très bien.

Le lecteur d'un roman policier qui souhaite jouer au détective est placé dans une position confortable par l'auteur. Il sait d'avance que le coupable se trouve forcément parmi les personnages mentionnés dans l'histoire. Si un crime a lieu dans un lotissement et que l'écrivain met en scène cinq couples, l'assassin sera l'une de ces dix personnes, et non l'une des cinquante autres vivant dans le quartier et dont on ne parlera pas. L'auteur ne peut pas se permettre de sortir de son chapeau dans les dernières pages un nouveau personnage qui serait le criminel. Le lecteur qui identifie le coupable avant le dénouement se croit très perspicace. En réalité, on lui a bien mâché le travail.

Dans la vie, c'est plus compliqué. Celui qui cherche à résoudre un crime est confronté à un éventail de suspects beaucoup plus large. C'est ce que je me dis sur le chemin de la maison en repensant à tout ce que j'ai écrit sur l'enquête. Il y a plus de quatre cents habitants à Margoujols. Combien en ai-je mentionné dans mon récit ? La réponse est vingt-deux, ce qui est déjà beaucoup à absorber pour le lecteur moyen. Et les autres ?

Qui se sera préoccupé de leur sort ? Qui nous dit que le coupable n'est pas l'un d'eux ?

La question est importante car je viens de prendre conscience avec stupeur que j'ai omis d'évoquer une personne essentielle dans mon récit. Quelqu'un d'incontournable que j'ai involontairement passé sous silence. C'est la règle dans une histoire : pas de mot, pas d'existence. Cette femme que je n'ai jamais citée est pourtant présente en filigrane partout, puisque c'est elle qui me donne la becquée, qui me lave, qui m'habille, qui me mouche et qui me met au lit.

Maman.

Comment ai-je pu oublier celle avec qui je partage au quotidien mes changements de couches et autres chouettes moments de complicité mère-fille ? Mon psychologue va s'exciter tout seul sur cette absence qui – je l'entends déjà se palucher le cervelet – « doit se lire comme une présence en creux de celle qui n'est pas *dans* le langage car elle *est* le langage, celle qui vous sert de porte-parole depuis votre plus tendre enfance. Votre voix ».

Je n'ai pas mentionné ma mère, pourtant je n'ai rien à lui reprocher. Cela fait vingt-trois ans qu'elle est présente à mes côtés avec une tendresse égale. Vingt-trois ans qu'elle passe ses journées à s'occuper de son boulet à roulettes avec un sourire indéfectible. C'est elle qui m'a appris à lire avec une patience infinie, elle qui m'a permis de m'exprimer à l'écrit, elle qui m'a nourri l'esprit en consacrant des heures à me lire des livres et à discuter avec moi de mille sujets parce qu'elle refusait que la télévision devienne ma meilleure amie.

Maman est une sainte, et c'est insupportable. Jamais elle ne s'est emportée contre moi, jamais elle ne m'a fait de reproches, jamais elle ne m'a punie. J'aimerais tant qu'un jour elle m'engueule. Qu'on se dispute, qu'elle soit injuste, que je puisse lui en vouloir, enfin.

Je ne l'ai vue perdre son sourire qu'une fois, fugitivement, lorsque je l'ai surprise sur son ordinateur il y a quelques semaines. Elle ne m'a pas entendue approcher, j'ai eu le temps de lire le début du texte qu'elle tapait. Quand elle s'est rendu compte de ma présence, elle a fermé sa page. Mais je n'ai pas oublié le nom qui servait de titre au passage. Celui d'une tueuse, suspect numéro 1 des crimes de Margoujols.

Winona Jane, c'est ma mère.

Alors que j'entre dans la demeure familiale, je réfléchis aux implications de cette découverte. Que maman soit une meurtrière partageant ses forfaits sur le Web, voilà un loisir créatif des plus originaux chez une bourgeoise de province. Au-delà du coup de théâtre très rentable pour la narratrice que je suis (+ 73 % de regain d'intérêt chez le lecteur moyen depuis la révélation), la découverte du jardin secret de maman m'estomaque, m'abasourdit et me méduse, car trois verbes ne sont pas de trop au vu de la situation. Quand j'espérais qu'elle descende de son piédestal afin de pouvoir lui faire des reproches sans culpabiliser, je n'en demandais pas tant. *Serial killer*… Quand maman se lâche, elle ne fait pas dans la demi-mesure.

Un monstre couvait dans la *desperate housewife* soumise à son mari et dévouée à sa fille handicapée… La catholique coincée ne parvenait à garder son irréprochable masque social qu'en libérant nuitamment ses pulsions bestiales… Un motif déjà vu, certes, mais on ne va pas faire la fine bouche : la mère coupable, ça devrait parler à 87 % des lectrices selon *Psychologies Magazine*.

Tout en cherchant maman dans la maison, je l'imagine s'échappant de la couche Creyssels pour hacher menu du villageois et je me demande ce qui a pu la pousser à de telles extrémités. Comme je lis la presse féminine, je sais que la routine conjugale peut générer un certain désœuvrement nocturne, mais entre les anxiolytiques qui ruinent votre santé et les actes de barbarie qui ruinent celle des autres, il doit y avoir des moyens plus doux pour lutter contre l'insomnie, non ? Une idée pour un prochain ouvrage de développement personnel : *Soignez vos pulsions psychopathologiques avec l'infusion verveine-guacamole.*

Je trouve maman en pleine séance d'écriture sur son ordinateur. Elle ne se retourne pas quand j'entre dans la pièce. Je la trouve belle et mystérieuse, et je me fais la réflexion que c'est la première fois que je la regarde comme ça. Avec amour et admiration. Deux sentiments d'habitude englués dans la culpabilité. Celle de faire subir à ma mère le poids de ma présence, chaque jour, depuis vingt-trois ans.

À cet instant, je suis fière d'elle. Pour la première fois, maman a accompli quelque chose pour elle-même, et ça me soulage d'un immense poids. Bon, elle se réalise en tuant des gens, d'accord, mais c'est la démarche qui compte. Si j'avais des larmes, je pleurerais. Ça nous ferait un moment d'émotion.

Je ne te dénoncerai pas, maman. Ce sera notre secret. *Ma mère est une serial killeuse*, ça ferait un bon titre pour mon polar. Il suffirait que je change les noms et les lieux, et personne ne ferait le lien avec ce qui s'est passé à Margoujols.

Maman va se retourner et je lirai dans ses yeux qu'elle sait que je sais, qu'elle sait que je ne la trahirai jamais, qu'elle sait que je l'aime malgré ce qu'elle a fait. Ou plutôt *grâce* à ce qu'elle a fait.

Voilà, maman s'arrête d'écrire. Instant magique. Son siège pivote. Elle se retourne. Elle a les yeux fermés. Elle les ouvre. Et elle parle.

— Coucou, ma chérie. On va changer ta couche ?

Fin de l'instant magique.

Je lâche le nom de Winona Jane d'une voix profonde
pour réenchanter le moment. Je révèle à maman que
j'ai tout compris, que je ne la juge pas et que je ne
parlerai jamais de ses activités à personne. Un sourire
adorable s'invite sur ses lèvres, elle m'entoure de ses
bras, m'embrasse avec tendresse et part d'un rire très
doux. Je sens un truc se tordre en moi. Maman relève
la tête et me regarde.

— Tu as vraiment cru que j'étais une meurtrière,
ma chérie ?

Je ne réponds pas. Je ne comprends pas. Ma mère n'a
jamais découpé personne en morceaux ? Pas la moindre
tendance psychopathique ? Même pas un petit coup de
couteau, comme ça, en passant ? C'est que je m'étais
habituée à l'idée, moi... Quelle déception.

— Tu es déçue ?

Mes traits restent figés, pourtant maman a compris.
Elle voit tout. Elle a toujours tout vu alors même que
je n'exprime jamais rien. La joie, la peine, la colère,
la honte, le dédain, l'excitation, je fais tout passer

avec la même grimace. Pour le concours d'entrée au Conservatoire, c'est râpé.

— Tu sais que ça me titillait depuis longtemps d'écrire. Alors je me suis lancée dans l'autobiographie d'une tueuse en série, Winona Jane, sous la forme d'un blog. Je ne sais pas comment l'idée m'est venue, mais ça fait un bien fou de trucider des gens par procuration !

Maman se met à rire. Elle avoue prendre plaisir à zigouiller son prochain, même sous forme de fiction, ça compense un peu ma déception.

— Ce qui s'est passé au village ces derniers jours a été une incroyable source d'inspiration. J'ai tout intégré à mon intrigue. Jamais je n'aurais imaginé que la gendarmerie tomberait là-dessus. Je vais aller leur expliquer.

— Pourquoi tu ne m'en as jamais parlé ?

— Oh, je comptais bien te le faire lire, mais... je trouvais que ce n'était pas encore au point... Tu es une grande lectrice, tu es intelligente et...

— Et quoi ?

— Je crois que j'avais peur de ton avis. Il compte beaucoup pour moi, tu sais. Et tu peux avoir la dent dure parfois... J'avais peur que tu trouves ça mauvais. Je voulais encore travailler mon histoire avant de te la montrer.

Pour la première fois, maman a l'air fragile. Ses yeux s'embuent de larmes. Elle ne m'a pas fait lire ce qu'elle écrivait parce qu'elle craignait mes critiques... Je donnerais tout à cet instant pour pouvoir la prendre dans mes bras. Et comme ma mère comprend tout, c'est elle qui m'enlace.

— Maman, moi aussi j'écris une histoire policière.
— Tu me fais lire ?

Alors que maman pleure et rit en même temps, un tuyau se débouche en moi. Miracle, je verse une larme ! On pourrait voir ça comme un sacré rebondissement, mais soyons honnête, ça ne va pas du tout. Si c'est le bonheur mère-fille, c'est la cata narrative. Qu'est-ce que c'est que cette séquence sirupeuse en pleine enquête policière au cynisme distingué ? Ressaisis-toi, Julie, ton polar part en sucette. Ne tombe pas du côté obscur du roman *feel-good* ! Bons sentiments et psychologie positive ! Tu veux finir chroniquée par des blogueuses abonnées à *Biba*, amatrices de thé vert, shampoing bio et SWAP beauté ? Au secours !

Le pire, c'est que notre manège dure tout l'après-midi. Je lui fais découvrir ce que j'ai écrit, elle me lit son blog, nous passons des heures à nous plonger dans nos récits en oubliant le monde autour de nous. Un après-midi entier que je viens de résumer en trois lignes pour essayer de limiter les dégâts. Le ton de mon livre en a pris un sacré coup et je m'inquiète pour la suite. On ne peut pas continuer dans la guimauve. J'ai besoin d'un appui, je demande de l'aide… et je l'obtiens. Car pour être exaucé, il suffit de souhaiter avec assez de cœur, disent les Évangiles. Sans préciser que ça ne marche pas avec la tétraplégie, les fourbes.

C'est papa qui vient à mon secours, toujours dispo pour ruiner une bonne ambiance. Alors que nous échangeons avec maman sur l'enquête en cours, les appels du chef de famille résonnent en provenance du salon. Il nous apostrophe tout en tapant le sol avec une canne.

Il a sa voix des mauvais jours, qui ressemble beaucoup à celle des bons jours, coups de canne en plus.

— Venez, s'il vous plaît. Il se passe quelque chose de grave.

Maman regarde sa montre et change de visage. Il est dix-neuf heures huit minutes et nous ne sommes pas à table. Effectivement c'est grave. Nous rejoignons la salle à manger en prenant un air excessivement contrit (ma mère) ou sobrement coincé (moi).

En entrant dans la pièce, j'entends un brouhaha venant de la rue. Je m'approche de la fenêtre, ce sont des journalistes qui font le siège de la maison de monsieur le maire. Ils sont excités, ils s'interpellent, ils vocifèrent dans leurs téléphones portables. Pour un dîner en retard, c'est un peu exagéré.

Papa nous demande notre attention puis nous explique la situation avec ce ton si particulier qui vous fait sentir un peu demeuré. Surprise : il n'est pas question de repas, mais d'une affaire encore plus grave (alors qu'on ne croyait pas ça possible). Pendant que papa disserte, j'ai une pensée affectueuse pour l'adjudant Pascalini. Depuis son arrivée à Margoujols, il a vécu des moments difficiles, il a connu des humiliations, personne ne lui a fait de cadeau. C'est pourtant un homme d'une clairvoyance remarquable, un professionnel qui a su s'imprégner de l'atmosphère du village pour en tirer des conclusions très pertinentes. La preuve ? Souvenez-vous, il avait affirmé qu'il y aurait un nouveau cadavre. Et il avait raison.

Il y a bien un nouveau cadavre.

Le problème, c'est que c'est le sien.

19 h 16

Le calvaire de Margoujols, dernière station. Fin du chemin de croix de Pascalini. Papa m'explique, moi j'écoute, schéma classique. Sauf que là, je bois ses paroles.

Au terme d'une journée de silence radio, Magali a fini par s'inquiéter de la claustration de Pascalini dans sa chambre bleue. Après une série de tambourinages, susurrements et gazouillis agrémentés d'une diffusion incontrôlée de phéromones propre à réveiller les gonades de son adjudant, elle a convaincu son Michel de mari de s'éloigner de son zinc source de vie pour crocheter la porte.

Pascalini a été trouvé sur son lit, assassiné d'un coup de couteau dans le cœur. Il ne s'était pas montré depuis ce matin non parce qu'il ruminait sa déprime, mais parce que sa tête n'adhérait plus à son corps, ce qui rend les déplacements difficiles.

Les cris de Magali face au gâchis de ce gendarme inutilisable, et ceux de son mari devant les frais de remise en état de la chambre, ont alerté les journalistes. Depuis, Margoujols fait la une de toutes les télés. Les experts ès *serial killers* en milieu agricole s'écharpent avec les spécialistes de la ruralité criminogène, et les *breaking news* s'enchaînent dans la joie de l'envoyé spécial ragaillardi.

Quant à papa, il est contrarié. Il a horreur que la situation lui échappe. Et lorsque papounet est colère, il faut qu'il compense. C'est d'abord Thérèse qui encaisse un florilège d'observations sur ses incompétences ménagères de la part d'un homme incapable de situer le placard à balais dans sa maison. Puis c'est maman qui réceptionne une salve de piques acides à propos du vieux dossier de son bavardage irritant alors que le maître des lieux visite les hautes sphères de la pensée pour imaginer une sortie de crise. Enfin, il lui reste une dernière victime sous la main – moi –, mais c'est compliqué.

Mon handicap m'a toujours mise à l'abri des colères paternelles. Si un homme de sa condition n'a pas de scrupule à humilier une femme, c'est plus gênant avec une fille qui bave en dressant le majeur. Aujourd'hui pourtant, il est tout près de se lâcher. Je le vois dans ses yeux. Il a quatre meurtres, une profanation de tombe et une invasion de journalistes à compenser. Il rêve de m'envoyer quelques scuds bien placés, il les fait tourner dans sa stratosphère mentale. Il va enfin me dire que ma présence l'insupporte, qu'il aurait préféré ne pas avoir d'enfant, qu'il n'en peut plus d'être le père d'un monstre. Allez, papa, lâche-toi. Si c'est trop dur, dis-moi au moins que je suis une petite conne. Ça te fera du bien. Ça *nous* fera du bien. D'autant plus que, mine de rien, j'en suis réduite à révéler les failles intimes qui me font flirter avec l'abîme et que je n'ai pas l'habitude. Tout ça parce que Pascalini a été incapable de remplir son rôle. Faut vraiment que je fasse tout dans cette histoire.

Papa me fixe au fond des yeux à m'en vriller le nerf optique, mais le feu dans son regard s'éteint. Le moment est passé. La décence – ou la lâcheté, c'est pareil – a repris le dessus. Mon père conseille à maman de me faire manger puis de me mettre au lit. Il trouve que je m'agite beaucoup ces derniers jours et que je vais finir par m'épuiser, car n'oublions pas que je suis fragile. Enfin, il détourne la tête et s'éloigne en s'emportant contre ces charognards de journalistes.

Occasion ratée. Une de plus.

En attendant, Pascalini est mort et c'est une catastrophe. Perdre son personnage d'enquêteur en plein milieu de son récit, c'est la tuile grand format. Pascalini n'était pas exceptionnel, mais il avait quelque chose de rassurant, de familier, de sympathique. La gendarmerie va envoyer une nouvelle équipe, mais ce ne sera pas pareil. Un peu comme avec les profs remplaçants : on les trouve toujours moins bien que l'enseignant parti en arrêt maladie, qu'on n'aimait pourtant pas tellement mais auquel on était habitué. L'habitude, c'est comme un fauteuil roulant, un des socles de nos vies, on ne la quitte pas facilement.

En attendant des gendarmes tout neufs, une solution serait d'offrir une promotion à Babiloune. De stagiaire à enquêteur, de personnage secondaire à protagoniste de premier plan. Mais on a deux problèmes avec lui. D'abord, il n'a vraiment pas un patronyme de héros (Babiloune ! Comment voulez-vous être crédible en flic de choc avec un nom pareil ?). Ensuite, le pauvre garçon a fermé le rideau pour cause de décès. Il vient d'arriver à la maison pour s'entretenir avec mon père. Il m'adresse un signe amical du Kleenex, mais ne parvient pas à articuler un mot. Les yeux rougis de larmes, il fait peine à voir. Un stagiaire sans tuteur, c'est comme un escargot sans salade. Ça erre, ça morve, ça se recroqueville dans sa coquille.

Pourquoi avoir tué Pascalini ? Je réfléchis aux dernières paroles de l'adjudant. Juste avant de sombrer dans son coma éthylique, il s'est exclamé qu'il avait compris qui était l'auteur des meurtres. Il paraît évident à présent que ce n'était pas un délire d'ivrogne. Il disait la vérité, c'est pour ça qu'on l'a assassiné... Il faut que j'en parle à quelqu'un. Ça tombe bien : une spécialiste des affaires criminelles est en train de me donner ma bouillie.

J'explique à maman ma soirée avec Pascalini. Elle est aussi excitée que moi à l'idée de se plonger dans l'enquête. Elle me conseille de me connecter aux sites que Pascalini a consultés en ma présence. Peut-être y trouvera-t-on l'indice qui a conduit l'adjudant à identifier le coupable ? Excellente idée, maman. J'ai déniché mon docteur Watson.

Nous reprenons les vidéos, nous scrutons les photos que Pascalini a eues sous les yeux à la recherche d'un détail qui aurait déclenché la révélation dans son esprit. Mais nous ne trouvons rien. Maman fronce les sourcils et s'interroge à haute voix :

— Si c'est la même personne qui a commis les quatre meurtres, ça veut dire qu'elle savait que l'adjudant avait découvert son identité, n'est-ce pas ?

— C'est probable.

— Qui était présent quand Pascalini a dit qu'il connaissait l'identité de l'assassin ?

— Babiloune et moi, c'est tout.

— Quelqu'un pouvait-il écouter aux portes ? Magali ?

— Je ne pense pas. Pascalini a parlé à voix basse. C'était un murmure.

— Dans ce cas... Il reste Babiloune.

— Il ne peut pas être coupable, maman. Il a été assommé ce matin par la personne qui a volé le coffret de Joseph.

— Tu l'as vu se faire assommer ?

— Non... Ça s'est passé dans mon dos, on avait débranché ma batterie.

— Il aurait pu tout mettre en scène.

— Je ne le vois pas du tout dans ce rôle. Il n'a pas la tête de l'emploi.

— Et moi, j'avais la tête de l'emploi ? Tu m'as pourtant soupçonnée.

Babiloune ? J'ai beau me forcer, je n'y arrive pas. J'ai passé la matinée avec lui et il ne savait pas que Pascalini était mort, j'en suis sûre.

— Enfin, maman, tu as vu dans quel état il est arrivé tout à l'heure ? Il faudrait qu'il soit un excellent comédien.

— Bon... Dans ce cas, Pascalini a dû croiser le coupable plus tôt dans la journée. Et si l'adjudant n'a pas compris sur le moment qui se trouvait face à lui, la personne concernée a dû sentir le danger.

— Tu dois avoir raison.

— Le mieux, c'est que nous en parlions demain aux gendarmes. Ils sauront quoi faire de ces informations.

261

D'ailleurs, ils vont bientôt arriver et je vais devoir te laisser. Ton père m'a demandé d'aller les accueillir avec lui.

— Reste encore un peu. Je suis sûre qu'en réfléchissant ensemble on pourrait trouver la solution à l'énigme.

— On reparle de tout ça après une bonne nuit de sommeil.

— Maman…

— Nos idées seront plus claires, crois-moi. Et puis, ton père n'a pas tort, tu dois te ménager.

— Je…

— Bonne nuit, ma chérie.

« Ton père n'a pas tort… » Le coup de grâce ! Il y a des jours où l'on voudrait être sourde. Mais j'ai déjà été gâtée par la nature, il ne faut pas être trop gourmande. C'est péché.

22 h 21

Bébé Sherlock se ménage dans son lit pendant que les grands font des réunions de crise avec les gendarmes. Comment voulez-vous que je mène une enquête correcte ? Après le détective en fauteuil, l'enquêteur au pieu. De mieux en mieux. Je n'arrive pas à dormir, alors je rumine.

…

Minuit quinze, l'heure du crime (ou presque, on va pas chipoter). Peut-être la tueuse se prépare-t-elle en ce moment pour une nouvelle expédition ? Je l'imagine choisissant sa tenue (« Rester belle dans l'étripage », découvrez le dossier du mois de *Marie Claire*) et affûtant son arme (« Craquez pour nos couteaux à équarrissage, collection printemps-été »). Une petite retouche maquillage et hop, c'est parti pour la boucherie.

À ma place, un vrai détective jouerait les sentinelles dans les rues du village. Moi, je vais continuer à gésir, pour ne pas changer.

…

Trois heures du matin, je ne dors toujours pas. Les yeux fixés au plafond, je ne peux même pas me tourner et me retourner dans mes draps comme n'importe quelle insomniaque. Trois heures du mat, l'heure tragique. L'heure des mauvaises pensées. L'heure qui me donne envie de voir arriver la dernière.

La pensée du suicide a longtemps été quotidienne pour moi. Pendaison, arme à feu, poison, chute, je faisais des listes de toutes les manières de mettre fin à ses jours, pour constater qu'aucune ne m'était accessible. Aujourd'hui, ça va beaucoup mieux, je n'y pense pas plus d'une fois par semaine.

J'ai fait une tentative il y a huit ans, le jour où l'on m'a équipée de ce fauteuil que je peux conduire avec mon majeur. Mes parents m'ont encouragée à sortir de la maison toute seule, à me balader dans les rues, à quitter le nid. J'ai obtempéré, je savais où aller, j'ai foncé tout droit jusqu'au talus en bas du village, et j'ai volé de mes propres ailes. Pas très gai tout ça ? Trois heures du mat, je vous avais avertis. Le problème du talus de Margoujols, c'est qu'il n'est pas bien profond. Je n'avais pas le choix : tous les précipices dangereux alentour sont inaccessibles en fauteuil, au mépris de la loi sur l'accès de l'espace public aux handicapés. Je me suis fracturé plein de tibias et de clavicules, j'ai passé des mois dans le plâtre, j'ai souffert le martyre, mais je ne suis pas morte.

Mes parents se sont flagellés de m'avoir laissée partir toute seule. Ils ont mis « l'accident » sur le compte du terrain glissant, du matériel mal réglé et de mon inexpérience dans la conduite de l'engin, car on aime tous se raconter des histoires dans la famille.

Le suicide, c'est mort pour moi. La seule chose que je peux faire cette nuit, c'est broyer du noir en guettant le moindre bruit qui pourrait stimuler mon imagination. Par exemple, ce grincement de porte. Sans doute papa ou maman qui va aux toilettes, mais je préfère fantasmer à plus excitant. Une intrusion ? Oui, c'est pas mal, ça. Disons que quelqu'un vient d'entrer dans la maison. Un cambrioleur ? Les filles Beekmans ? Ça ferait l'affaire, mais on a mieux en magasin en ce moment : pourquoi pas la tueuse de Margoujols ? C'est déjà beaucoup plus sympa d'imaginer qu'elle rôde dans les couloirs et traque une proie. Quelqu'un en particulier ? Forcément. Notre meurtrière ne frappe pas au hasard, elle cherche quelqu'un qui a suivi l'enquête de près, qui a eu les indices sous les yeux, qui pourrait bientôt la démasquer. C'est-à-dire moi.

Frisson délicieux. La tueuse est là. Je perçois sa silhouette dans l'encadrement de la porte grâce à ma veilleuse. Je sais que ce n'est pas ma mère, elle tient rarement un gros couteau levé au niveau de son visage. Mon imagination est formidable. À trois heures du matin, tout devient vrai. Je dois être en train de sombrer dans mes rêves. Je ferme les yeux.

Je les rouvre pour constater que mon imagination est hors du commun, ou mon rêve vraiment intense, car la tueuse est toujours là, à ma porte. Elle porte une robe et un masque. Le fameux visage blanc, sans expression… Elle s'avance avec son couteau et je comprends ce qu'expliquait Pietro. J'ai l'impression de reconnaître cette silhouette tout en éprouvant un sentiment d'étrangeté. Le plus surprenant, c'est que je ne ressens aucune peur. Je vais bénéficier à court terme d'un suicide assisté à l'arme blanche, et ça me laisse froide.

La seule chose qui m'embête, c'est que je ne vais pas pouvoir terminer mon récit. Que l'enquêteur se fasse assassiner, c'était déjà un handicap, mais que la narratrice disparaisse, et c'est le polar qui devient tétraplégique.

Deux mots me viennent à l'esprit : désolée et adieu.

Pas terribles comme dernières paroles. Pensez à préparer les vôtres tant qu'il est encore temps. Ce sera la leçon de cette histoire.

Je vois la vie en monstre, le blog de Winona Jane

Épisode 7

En tant que tueuse, je suis rejetée à la marge de la société comme de l'humanité. Je suis hors la loi, je suis ignoble. Je donne la mort et c'est inadmissible.

« Tu ne tueras point. » Voilà ce que Dieu a inscrit sur les Tables de la Loi que Moïse ramène de son trekking sur le mont Sinaï. À l'époque, la mort est partout. L'Ancien Testament n'est qu'une litanie de massacres sans fin, de crimes plus odieux les uns que les autres. Cela fait partie du quotidien des humains. Tuer ou être tué, that is the question.

Aujourd'hui, le sixième commandement a quitté la sphère religieuse pour imprégner l'essence de nos démocraties. L'abolition de la peine de mort dans les pays « développés » a toujours été présentée comme une avancée significative de la civilisation. Et quand l'un d'entre nous – au hasard, les États-Unis – persiste dans l'application de la peine capitale, il est

vilipendé, dénigré, rabaissé à d'inacceptables réflexes
bestiaux.

La mort violente a été évacuée de notre quotidien à
tel point que son surgissement est toujours vécu comme
un insupportable scandale. Les crimes de sang, infini-
ment moins nombreux aujourd'hui que par le passé,
sont montés en épingle à la télévision et marquent au
fer rouge l'esprit de nos concitoyens qui vivent dans
la peur absurde d'en être un jour victimes. Inutile de
leur expliquer que les statistiques sont formelles et que
les chances de mourir chez eux d'un accident domes-
tique ou à l'hôpital d'une maladie nosocomiale sont
infiniment plus grandes que celles de trépasser sous les
doigts d'un assassin ou sous les balles d'un terroriste :
l'angoisse est fâchée avec les maths. Si, chaque soir, le
journal de vingt heures s'ouvrait sur les photos des dix
Français décédés dans un accident de la route pendant
la journée, de quoi auraient peur les gens ? De croiser
un terroriste ou de prendre le volant ?

L'intéressant, c'est que cette mise à distance de la
mort donnée de façon volontaire va plus loin chez de
nombreuses personnes. On exclut le meurtre, la ven-
detta, la loi de la jungle, au nom de la liberté de chacun
de vivre paisiblement, mais, dans le même temps, on
refuse avec force deux expressions pourtant évidentes
de la liberté individuelle : le suicide et l'euthanasie.
Non seulement la société m'interdit de tuer autrui,
mais elle me dénie aussi le droit de me tuer ou d'être
tué selon mon désir. Pourquoi ? On peut tenter une
explication.

En vérité, ce que vous nous reprochez, à moi et à
tous les tueurs, ce ne sont pas nos actes. La plupart du

temps, nous éliminons des gens que vous ne connaissez pas et dont vous n'avez rien à faire. Si vous êtes un peu honnêtes, vous devrez avouer que leur disparition vous laisse froids et que vos cris d'orfraie devant votre téléviseur ne sont en rien l'expression de votre compassion. Non, ce qui nous rend insupportables à vos yeux, et ce que vous condamnez de la même manière chez les candidats au suicide ou à l'euthanasie, c'est que nous vous obligeons à regarder en face la réalité que vous persistez à fuir : celle de votre mort inéluctable.

Les meurtriers, les suicidaires, les candidats à l'euthanasie vous rappellent que vous allez mourir. Que ce soit demain, dans dix ans ou dans cinquante, dans votre sommeil ou dans une souffrance terrible. Tout cela revient au même.

Oui, vous allez mourir. Il va falloir vous y faire.

Jour 7

11 h 07

J'ai une bonne et une mauvaise nouvelle. La bonne, c'est que je ne suis pas morte. La narratrice garde la barre, le récit a une chance d'être achevé un jour. La mauvaise nouvelle, c'est que je suis handicapée. Oui, je sais que ce détail n'a pas échappé aux lecteurs les plus sagaces, mais je veux dire *plus* handicapée que d'habitude. Je m'explique.

Je me suis réveillée ce matin après trois jours d'inconscience suite à ma chute. Trois jours de vacances loin de mon corps, c'était pas du luxe. Ma mère m'a raconté comment elle m'avait retrouvée par terre, inconsciente, en pleine nuit. Elle avait accouru après avoir entendu un grand fracas dans ma chambre. Elle s'est rongé les sangs pendant ces trois jours. Mon père aussi, m'affirme-t-elle, ainsi que Gaston, Nicolaï, Pietro et Babiloune qui se sont succédé à mon chevet. Merci les gars.

Maman ne s'explique pas comment j'ai pu tomber de mon lit. Moi, je le sais, mais je ne peux rien dire. Je suis réduite au silence. Dans ma chute, j'ai entraîné mon ordinateur qui s'est explosé au sol. Et surtout, je me suis fait une entorse au majeur. Mon doigt bandé, je ne peux plus communiquer. Seulement me raconter cette histoire dans ma tête en attendant de pouvoir la consigner sur un nouvel ordinateur. Il y a des jours comme ça.

Une tueuse s'est introduite dans la maison, elle a essayé de m'assassiner et elle va sans doute recommencer. Je suis en danger et je ne peux même pas avertir mes parents. J'ai grommelé une belle série de fffffffffffchiéééééééééé pour les inviter à creuser la question de ma chute miraculeuse, mais maman n'a rien trouvé de mieux que de me filer un calmant.

— Ne t'inquiète pas, ma chérie.

— Fffffffffffchiéééééééééé. (= Si, je m'inquiète ! Quelqu'un veut ma peau !)

— Dans trois jours, tu auras un nouvel ordinateur.

— Fffffffffffchiéééééééééé. (= Et toi, dans trois jours, tu auras un enfant en kit.)

— Quant au doigt, c'est une simple entorse. Dix jours d'attelle et c'est terminé. Tu as de la chance, une fracture, c'est six semaines.

— Fffffffffffchiéééééééééé. (= Tu as raison, je suis la chance incarnée.)

— Maintenant, il faut te reposer.

— Fffffffffffchiéééééééééé. (= Je me repose depuis vingt-trois ans, ça commence à me fatiguer.)

Avant d'être équipée d'un ordinateur, je communiquais avec des battements de paupière. Maman me récitait l'alphabet, s'arrêtait sur une lettre quand je clignais de l'œil gauche et ainsi de suite jusqu'à faire une phrase. On est d'accord, il ne fallait pas être pressée. C'est comme ça que Jean-Dominique Bauby, un ancien rédacteur en chef du magazine *ELLE* atteint du locked-in syndrome, a écrit son bouquin *Le Scaphandre et le Papillon*. Deux cent mille battements de paupière, respect. J'ai longtemps été allergique à ce bonhomme parce que les gens qui me rendaient visite me faisaient toujours des tartines sur lui. Dans le style : tu vois, Julie, les légumes font des choses formidables, c'est génial, tu as un beau modèle à suivre. Moi, comme modèle, je préfère Uma Thurman dans *Kill Bill*. Chacun ses goûts.

L'époque de l'alphabet est un souvenir si lointain que maman ne pense même pas à me proposer cette méthode pour communiquer aujourd'hui. Voilà ce que c'est de passer au tout-numérique, un désastre pour la chose écrite. C'était pas comme ça avant, ma bonne dame, on savait vivre dans l'ancien temps, avec nos parchemins.

Pour excuser mes parents, il faut dire qu'ils doivent gérer une situation compliquée au village. D'après le récit de ma mère, la face de Margoujols a bien changé pendant mes trois jours passés à jouer les Hibernatus. Les médias ont fait un tel battage de notre affaire pour combler un mois d'août particulièrement pauvre en actualité croustillante que nous sommes devenus les stars des réseaux sociaux. Et comme les geeks margoujolais se régalent d'alimenter les internautes en *fake news* bien baveuses, notre célébrité nous dépasse.

Non seulement les journalistes se sont multipliés comme des crottes de lapin, mais les touristes s'invitent maintenant à la fête. On veut voir le village de l'horreur en vrai, c'est plus *fun* et moins cher que Disneyland. Le sang attire les vautours, le mystère allèche les hyènes, l'assassin fait frissonner les moutons, et la ménagerie déferle dans nos rues. Il paraît même qu'Yvette Bernicola a ouvert un *food truck* dans son vieux Kangoo et qu'elle débite à la chaîne des autrucheburgers et autres nuggets d'autruchon arrosés de soda lozérien hérité d'une recette ancestrale (25 % de Coca, 75 % d'eau du robinet). Bref, c'est la folie à Margoujols.

Surtout depuis que le coupable a été arrêté.

Oui, on m'a annoncé la grande nouvelle à mon réveil. Le meurtrier est sous les verrous depuis hier. La surprise, c'est que ce n'est pas une femme.

11 h 58

Après la disparition de Pascalini, la police a débarqué en force. À l'instar de ce qu'avait subi notre regretté adjudant, elle a été submergée par les témoignages spontanés des Margoujolais et s'est trouvée fort dépourvue pour trouver l'aiguille de la vérité au milieu de tout ce foin.

On dit dans les médias que nous vivons une période de libération de la parole ; au village, c'est confirmé, les digues ont cédé. L'affaire de la tueuse en série n'est plus qu'un prétexte à vider son sac, à purger les secrets de famille, à vidanger des années de grosseur sur la patate. Tout y passe, m'a rapporté ma mère. Martine Bonnafous a dénoncé les distillations illégales de fruits divers de Gaëtan Siffloux qui a révélé les ventes sauvages de cueillettes variées de Nicole Troucelier qui a accusé Grégoire Thérond d'attentat à la pudeur sur ovins, lequel a divulgué un système d'arnaque aux aides européennes impliquant les familles Troucelier, Castan et Bernicola qui, de leur côté, se sont répandues en confidences explosives sur les aventures extraconjugales, enfants adultérins et tripotages familiaux d'une bonne partie du village. Et voilà le résultat du règne de la transparence : plus personne ne se parle au village. Avant, on se détestait déjà, d'accord, mais avec cordialité.

De son côté, maman a expliqué aux enquêteurs la vérité sur Winona Jane. Papa a été consterné d'apprendre que sa femme s'amusait à débiter du cadavre sur un blog. Ah, ces femelles, pas une pour sauver l'autre dans cette maison.

La police s'est recentrée sur ce qui apparaît comme l'origine de toute l'affaire : le cirque de Balthazar Britiescu. Il faut dire qu'elle a été bien aidée par les villageois qui ont expliqué que Pascalini – cet incompétent notoire (selon Gabriel Troucelier), alcoolique honteux (d'après les frères Castan), et sans doute inverti (*dixit* Martine Bonnafous) – avait négligé la piste des monstres alors qu'un fait objectif les désignait comme coupables : leur sale tête. Surtout l'un d'entre eux. Celui qui n'est pas handicapé par sa mémoire, comme peut l'être Nicolaï (pourquoi tuerait-il des gens qu'il ne reconnaît même plus ?) ; celui qui n'est pas handicapé par son physique, comme le sont Gaston et les sœurs Popesco ; celui dont les capacités de contorsionniste lui permettent de s'introduire n'importe où en toute discrétion... Pietro, l'homme-élastique.

C'est Pietro qui a été arrêté hier matin sous les vociférations d'une foule déchaînée à qui on offrait enfin la possibilité de haïr son monstre à visage découvert. Car l'hypocrisie, à la longue, c'est épuisant.

La perquisition chez Pietro a permis de découvrir des robes, des perruques et des couteaux. Mon vieil ami a eu beau expliquer qu'il s'agissait d'accessoires de cirque, qui pensait-il convaincre ? Le coup du tueur travesti en femme, c'est vieux comme Hitchcock. La police connaît ses classiques. Et puis, un coupable ne passe-t-il pas son temps à tenter de se disculper avec des justifications crédibles ? C'est un signe qui ne trompe pas.

Enfin, beaucoup de villageois se sont empressés de témoigner avoir vu Pietro en pleine nuit dans la cour de l'école, sans doute au retour de ses sinistres randonnées tripières. La prostate ? Ha, ha, ha, elle est bien bonne. Ils sont impayables, ces coupables. Toujours une excuse à la bouche. C'est comme ça qu'on les reconnaît d'ailleurs, ils font pareil dans les films.

Pietro persistant à clamer son innocence (comme tous les gens qui ont quelque chose à se reprocher, rappelons-le), le mobile des meurtres reste à définir. Mais on ne va pas s'arrêter à ce détail : l'important, c'est que l'assassin soit sous les verrous, et le village soulagé. D'ailleurs, qui pense sérieusement qu'un monstre a besoin d'un mobile pour faire le mal ? Tout cela est d'une cohérence sans faille. Le seul petit problème, c'est que moi j'ai vu la tueuse.

Et je sais que ce n'est pas Pietro.

La personne qui m'a agressée était une femme âgée. C'est sa vieillesse qui m'a sauvée. La scène paraîtra grotesque aux lecteurs chafouins, mais on ne maîtrise pas ses péripéties. Quand la tueuse au masque blanc s'est avancée avec son couteau, elle s'est pris les pieds dans le câble électrique qui recharge mon fauteuil. Je l'ai vue vaciller, tituber, flageoler, avant de basculer vers l'avant comme une mamie incapable de retrouver son équilibre. Là, tout est allé très vite. La vieille s'est écroulée sur mon fauteuil avec la grâce d'un éléphant de mer sur la banquise. Mon fauteuil, ne se sentant plus de joie, est venu percuter mon lit avec une fougue qui aurait pu faire plaisir à voir, mais là non. Enfin mon lit, en *burn-out* après des années à se farcir son incontinente gisante, a profité de l'occase pour se soulever et me balancer par terre. Le temps que l'ancêtre remette ses idées et ses hanches en place, on entendait la course de maman dans l'escalier.

Dans ma position, je n'ai pas vu par où mamie *killeuse* s'est échappée, mais il n'y avait plus de danger quand le doux visage de ma sainte mère m'est apparu. Je pouvais fermer les yeux, apaisée, et sombrer dans l'inconscience. Trois jours loin de moi, le bonheur.

14 h 12

Je lève une paupière après ma sieste et elle est là. Dans ma chambre, assise face à moi. Vanessa Leguerrec, journaliste-verrue. *La Belle et la Bête*, remake lozérien.

— Je suis heureuse de vous savoir sortie d'affaire, je me suis beaucoup inquiétée, commence-t-elle en maniant l'antiphrase avec jubilation. On vous a déjà dit que vous étiez attachante ?

Oh, la mauvaise ! Elle est si odieuse que je ne peux que l'adorer. Comment a-t-elle fait pour entrer dans la maison ?

— La porte de derrière était ouverte, répond-elle comme si elle lisait sur mon visage. Je n'ai pas sonné car je déteste déranger. Le respect d'autrui, c'est essentiel.

Elle est parfaite. Et ce sourire à claques, c'est fascinant.

— Vous m'excuserez si je ne m'attarde pas, j'ai peu de goût pour la dégénérescence, mais je tenais à vous assurer de ma compassion. J'ai su que Pietro était de vos amis. Ce n'est pas trop dur de savoir qu'un vieil homme

281

qui n'a jamais fait de mal à une mouche, et qui n'avait aucune raison d'en faire à qui que ce soit, mettait sa petite robe le soir pour aller démembrer son prochain ?

Tiens ? Je rêve ou Vanessa a des doutes à propos de la thèse officielle ? Elle aussi pense à une erreur de casting pour Pietro dans le rôle du dépeceur ?

— Il paraît qu'on a fait un gros dodo après une chute accidentelle ? Je me demandais comment on faisait pour tomber d'un lit quand on ne peut pas bouger. L'impossibilité constitutionnelle à se casser la gueule, c'est quand même un des rares avantages de votre état, non ?

Belle, intelligente et garce. Elle a tout pour elle.

— Je vous ai observée pendant deux jours avant votre chute, et je pense que vous savez beaucoup de choses sur cette affaire. Votre mauvais karma vous a valu un corps en pâté de tête, mais je sais que vous n'avez pas la cervelle en macédoine.

Ah, quand même, une fausse note ! Elle est nulle en métaphores !

— Vous trouverez peut-être mes intuitions absurdes, mais comme vous n'avez rien d'autre à faire que de m'écouter, je vous pose mes questions. Un, croyez-vous à la culpabilité de Pietro ?

Vanessa, tu m'intéresses.

— Deux, votre chute est-elle vraiment accidentelle ?

Tu comprends tout. C'est avec toi qu'il faut que je fasse équipe.

— Trois... A-t-on essayé de vous assassiner ?

Affirmatif, ma belle ! Bravo pour tes intuitions, mais tu as dû remarquer que je suis un peu bloquée pour te répondre.

— Peut-être pourrions-nous communiquer avec vos battements de paupière ? Je vais réciter l'alphabet, vous connaissez cette technique ?

Je cligne de la paupière. Cette garce est brillante. C'est grâce à elle que je vais être sauvée, grâce à elle qu'on va reprendre l'enquête et disculper Pietro. J'aime bien Babiloune, mais ce n'est pas lui qui aurait eu ces intuitions. Il faut que je...

— Qu'est-ce que vous faites là ? Sortez tout de suite !

Ah non, pas maintenant...

— C'est une violation de domicile ! Dehors ou je vous arrête !

Sacré Babiloune, tu choisis bien ton moment pour nous faire une crise d'autorité...

Dressé sur ses talonnettes, le stagiaire abandonné déroule un geste martial vers la sortie, bien décidé à faire valider son UV « Évacuation des intrus, option regard très méchant ». Vanessa apprécie la posture d'un sourire, puis décide d'obtempérer après m'avoir adressé un encouragement parce que c'est plus fort qu'elle :

— En vous souhaitant un bon rétablissement, Julie. Et pas trop de folies sur le *dance floor* à l'avenir.

— Vous aviez raison, elle est odieuse, lâche mon petit gendarme une fois seul avec moi.

Babiloune... Il vient de bousiller ma collaboration avec Vanessa, mais je suis quand même contente de le voir. La mort de Pascalini lui a filé un gros coup de vieux. Comme on lui donnait à peu près douze ans, on ne le vexera pas en disant qu'il se rapproche maintenant des dix-sept.

— Votre mère m'a dit que vous vous étiez réveillée. Je suis venu tout de suite.

— Fffffffffffchiéééééééééééé. (= Merci, t'es un chou.)

— Je voulais vous dire au revoir. La police a pris l'enquête en main. Je dois rejoindre mon unité.

— Fffffffffffchiéééééééééééé. (= Ah, non ! Tu ne pars pas, j'ai besoin de toi.)

— Comment ? Ah oui, l'ordinateur est cassé, vous ne pouvez pas parler…

— Fffffffffffchiéééééééééééé. (= Si, je peux dire fffffffffffchiéééééééééééé.)

— Je sais ce qu'on va faire. J'avais une grand-mère paralysée après un AVC. On avait mis au point une méthode pour communiquer avec les paupières.

— Fffffffffffchiéééééééééééé. (= Eh ben voilà, quand tu veux ! Babiloune, je t'aime.)

— Je vais vous poser des questions. Clignez d'un œil pour répondre oui. D'accord ?

Je cligne.

— Avez-vous soif ?

Quoi ?

— Avez-vous faim ?

Babiloune…

— Vous voulez un chandail ?

Qu'est-ce que tu me parles chiffons ? On a une enquête à terminer !

— Vous voulez regarder *Amour, gloire et beauté* à la télé ?

C'est une blague ? Une tueuse est en liberté !

— Vous ne répondez rien ? Vous comprenez ce que je dis ?

Je cligne. Et plutôt deux fois qu'une.

— Vous avez cligné deux fois. Ça veut dire un double oui ?

On n'est pas sorti de l'auberge. Mon polar part en cacahuète. Je cligne.

— Bon… C'étaient les questions que je posais à ma grand-mère, mais c'est peut-être pas adapté ?

D'après toi ? Je cligne.

— Vous avez besoin de quelque chose ?

Je cligne.

— C'est en rapport avec votre confort ? Non… Avec votre famille ? Non… Ou alors… Peut-être avec l'enquête sur les meurtres ?

Je cligne à m'en déboîter la paupière. L'œil de Babiloune s'allume. Son enthousiasme se remet en route. Neurones diesel.

— Vous voulez me dire quelque chose sur l'enquête, c'est ça ?

Je cligne.

— Vous avez des informations sur ce qui s'est passé ? Sur Pietro ?

Je cligne.

Babiloune a l'air content. Moi aussi. Mais j'ai peur que mon lecteur n'ait quelques craintes sur la suite de cette histoire. Le rythme était déjà contraint par mes limites physiques, mais si on en arrive à remplir des chapitres d'un dialogue à clignement d'œil, on va perdre même les plus bienveillants.

Je n'ai pas le choix. Je ne vois qu'une solution.

L'ellipse temporelle.

16 h 25

Parfait. Nous voilà projetés deux heures plus tard, ce qui est bien commode pour relancer l'intrigue. Le lieu a changé (nous arpentons, avec Babiloune et maman, les ruelles de notre sanglante cité), l'enquête est relancée. Du suspense, de la péripétie, de la pirouette verbale et une résolution à court terme en ligne de mire.

Les deux heures ont été laborieuses, vous n'avez rien manqué. Mon petit gendarme a fini par comprendre la technique de l'alphabet et j'ai pu constituer quelques phrases minimales afin d'expliquer mes attentes. En gros : pas question que tu quittes la scène, Babiloune. La désertification rurale à l'arme blanche exige la mobilisation de toutes les énergies. Nous devons coincer la tueuse avant qu'elle ne perpètre son prochain forfait sur le personnage le plus sympathique de cette histoire, sur le protagoniste d'exception sans lequel ce récit n'aurait plus aucun intérêt, sur l'être irremplaçable dont la personnalité force l'admiration des petits et des grands : moi.

Le plus compliqué a été de convaincre ma mère d'abréger ma convalescence, de sortir du grenier mon vieux fauteuil et de me laisser repartir sur les routes. Elle a mis comme condition de pouvoir m'accompagner. Tope là : comme activité commune, ça nous changera de la toilette. Mère et fille, détective à deux têtes, deux bras, un majeur et quatre roues. Un tandem inédit dans l'histoire du polar. Peut-être même pourrons-nous écrire ensemble, un jour ?

Pour l'heure, l'urgence est ailleurs. Avant la narration du réel, il faut le vivre. Nous nous lançons dans une entreprise qu'aucun être humain sain d'esprit ne mènerait de son plein gré : retrouver les sœurs Beekmans. J'ai besoin d'elles pour reprendre l'enquête interrompue après l'incident Winona Jane. Les cambrioleuses doivent tenir leur promesse de nous conduire là où elles ont volé le coffret de Balthazar. Je suis sûre que la clé de l'énigme s'y trouve. Foi de lectrice de polars.

Nous frappons et personne ne répond. La porte du gîte Troucelier reste close. La famille Beekmans est en vadrouille. La rando de la dernière chance en bord de précipice, peut-être ?

— Ils sont partis en début d'après-midi, ils avaient loué jusqu'à aujourd'hui, nous lance Gabriel Troucelier qui débarque sur son tracteur, resplendissant du bonheur d'être lui.

L'heureux propriétaire du gîte affiche la jovialité de celui qui n'en revient pas que des êtres vivants aient survécu plus de dix jours dans ses murs. Si je reste discrète à l'annonce du départ des Beekmans, Babiloune et ma mère ne peuvent retenir une moue désappointée.

— Avec un peu de chance, ils sont encore dans les parages, nous rassure Gabriel. Ils ont dit qu'ils allaient

287

saluer tous leurs amis avant de partir. Les petites se sont attachées aux gens d'ici.

« Attachées aux gens d'ici » ? Comme le phylloxéra sur la vigne, peut-être. Avec l'affection débordante du ténia pour un intestin grêle, sans doute. Pas le choix, on a besoin d'elles. S'il y a une chance de les retrouver, il faut la saisir.

Nous arpentons les rues à un rythme soutenu en quémandant un peu partout des infos sur les minimonstres. Maman m'avait avertie, l'atmosphère du village est devenue très lourde après les dénonciations tous azimuts de ces derniers jours. Les portes s'ouvrent sur des grimaces et l'évocation des petites Nordiques n'améliore pas l'harmonie du faciès. On ne les a pas vues et on s'en félicite.

Gaston et Nicolaï ouvrent leur fenêtre à notre passage. Par la voix de maman, à qui j'ai délégué la fonction de porte-parole pour cause de mutisme postfauteuil accidenté, je les remercie d'être venus me voir pendant mon coma et je leur assure que je ne crois pas à la culpabilité de Pietro. Ils me remercient d'une voix fatiguée. La tristesse a encore creusé leurs traits. Heureusement, Nicolaï est toujours au top de la réactivité.

— Je ne sais pas si on te l'a dit, Julie, mais… Joseph est mort.

Puis il pleure. La routine.

Sur la place de la mairie, les journalistes enchaînent les alertes info avec fébrilité. L'inquiétude est palpable. Pas de meurtre depuis trois jours, rien de neuf depuis l'arrestation de Pietro, on continue à nourrir le téléspectateur avec des *news* rassises, gonflées à l'air vicié et réchauffées avec les moyens du bord. Il devient difficile de trouver des témoins intéressants, tous les habitants s'étant déjà déversés avec générosité devant les caméras. Ils sont pourtant là, les Yvette Bernicola, Nicole Troucelier, Pierrot Charbonnier, Grégoire Thérond, Gaëtan Siffloux ou Martine Bonnafous, à tourner autour des micros, attirés comme des mouches par l'odeur du direct.

Les envoyés spéciaux se jettent des regards en biais, tous dans la même galère, au bord du naufrage, sans rien à se mettre sous la dent. Mer plate et absence de vent. On lit la soif, la faim, la folie dans leurs yeux. On reluque son voisin comme un scoop bien juteux, une promesse de festin médiatique. Et si l'un d'entre eux se faisait zigouiller à son tour ? Et si un journaliste se sacrifiait pour rassasier les autres ? Voilà qui apporterait du frais, du neuf, du goûteux à mâchouiller pendant des heures. C'est *Le Radeau de la Méduse* 2.0, l'info cannibale. Encore quelques heures sans voile à l'horizon et certains proposeront la courte paille, c'est sûr.

Les Beekmans apparaissent enfin. Ils sortent de l'*Hôtel du Haut-Gévaudan* où ils ont dû offrir d'émouvants adieux à la populace poivrote pendant que leurs petites refaisaient la déco dans une perspective déconstructiviste. Ils me voient, leurs faces de fjord s'éclairent, je vais leur manquer.

— Chère Julie, nous disons au revoir de l'adieu.

— Nous vous espérons que vous va beaucoup mieux.

— C'est gentil, mais ça ne repousse pas, répond maman.

— De quoi repousse ? Les poils de les cheveux ?

— Non, le système nerveux central.

Alors là… Sidération filiale devant repartie maternelle. Vingt-trois ans de bienséance bourgeoise viennent de voler en éclats. Maman ne découpe pas les gens en morceaux, mais elle se met à l'humour noir. Ça compense, j'applaudis. Maman, tu es la digne mère de ta fille. Les chatons ne sont pas faits par des chiens. Je t'aime.

Les Beekmans ne comprennent pas l'humour lozérien, mais comme Babiloune pouffe, ils pouffent aussi.

— Nous quittons de partir le Margoujols.

— Non, répond maman.

— Pourquoi vous dis non ?

— Parce que nous avons besoin de vos filles. *A promise is a promise.*

— *Oh, we understand !*

— Et elles nous doivent bien ça, les garces.

— *Légarce ? We don't understand.*

— *Lozerian patois. Nevermind.*

Maman rappelle aux filles leur promesse de nous montrer la maison où elles ont trouvé le coffret de Balthazar. Ce coffret qu'elles ont ensuite caché dans le mur du gîte, et pour lequel Babiloune a pris un coup sur la tête. Les petites échangent un drôle de sourire, puis nous font signe de les suivre. Et c'est parti pour une nouvelle traversée de Margoujols. Sans description cette fois, car on n'a pas le temps.

Le premier choc arrive au bout de trois minutes quand les sœurs Beekmans s'arrêtent devant une maison que rien n'aurait pu me préparer à affronter.

Une surprise en forme de blague. Une baraque à profil d'erreur judiciaire : la mienne.

Nous nous tenons devant la demeure ancestrale des Creyssels.

Black-out dans mon esprit.

Mes neurones s'emmêlent, je ne comprends plus rien. Les Beekmans se sont introduites chez nous ? Comment le coffret de Balthazar aurait-il pu se trouver là ? Maman n'est pas la tueuse, j'en suis sûre, et il n'y a pas de vieille dame qui… Deuxième choc. Bien sûr que si, il y a une vieille dame qui vit ici. Thérèse, notre bonne ! Cette chère Thérèse… Elle a l'âge adéquat, elle est d'une discrétion absolue, elle n'avait que deux pas à faire pour venir m'assassiner dans ma chambre en pleine nuit… Toutes les pièces du puzzle s'emboîtent… Un personnage d'arrière-plan qui n'est mentionné dans mon récit qu'à deux reprises. Une figure insoupçonnable même pour le plus perspicace des lecteurs. Le profil parfait pour une surprise finale, la garantie d'un dénouement réussi !

Je suis au bord de la crise d'épilepsie. Pourquoi Thérèse aurait-elle commis ces horreurs ? Quel lien a-t-elle avec le cirque Britiescu ? Je commence à tourner les questions dans ma tête, à repérer des signes de psychopathie dans sa façon de manier le balai, à identifier des gestes équivoques dans le récurage des toilettes, puis je m'arrête très vite. Car les sœurs Beekmans se remettent en marche.

Si elles se sont arrêtées devant chez moi, c'est parce que la plus jeune devait refaire ses lacets. Fausse alerte. Il faut que je me calme. Pardon, Thérèse.

Nous nous trouvons à présent à l'autre bout du village, car on fait de l'ellipse ou on n'en fait pas (et puis, à l'approche de la résolution, il faut accélérer le rythme). Les filles Beekmans s'arrêtent pour nous montrer du doigt une maison. C'est là qu'elles ont trouvé le coffret en bois de Balthazar Britiescu. Vous êtes sûres ? Elles opinent du chef. Vous devez vous tromper ! Elles secouent la tête pour dire non.

Je vérifie quand même si leurs lacets ne sont pas défaits. Ce n'est pas possible, ça ne peut pas être cette maison.

Si, si, les filles insistent. D'ailleurs, elles ont une preuve. Elles acceptent de nous la montrer si nous jurons de la leur laisser. Marché conclu. Avec, en plus, un tour sur mon fauteuil. Non, deux tours. Elles sont dures en affaires, c'est d'accord. L'aînée fouille dans son sac puis brandit l'objet du délit.

Ébahissement, ahurissement, stupéfaction. Elles tiennent dans leurs mains le coffret de Balthazar. Babiloune s'énerve. C'est vous qui m'avez assommé pour me prendre le coffret ? Que nenni, gesticulent les petites. Comme elles tenaient à cet objet, elles sont retournées le récupérer là où elles l'avaient volé la première fois. Dans cette maison.

C'est tout simple, pourtant c'est impossible. Ça ne peut pas être là.

La maison d'Appolonie et Louisette Popesco, les sœurs siamoises.

17 h 26

Les sœurs Popesco. Impossible.

Tellement impossible que le ciel s'obscurcit d'un coup, qu'un vent glacial se lève et qu'un terrible orage éclate. Les éléments déchaînés dispersent notre troupe. Les Beekmans entraînent leurs filles vers leur voiture garée au bout de la rue. Les sauvageonnes sont déjà loin quand elles prennent conscience que nous avons gardé le coffret. Elles se retournent vers moi, leurs yeux jettent des éclairs pour être raccord avec la scène orageuse, mais c'est trop tard, ha, ha. Petite vengeance, joie intime. Adieu les touristes, un merci sincère pour votre participation active à cette histoire (car que serait un récit sans personnages secondaires hauts en couleur ?) et bon retour sur la banquise.

Pendant que maman, Babiloune et moi, nous nous rapatrions en urgence sous des trombes d'eau, mon esprit s'affole. Qu'est-ce que les sœurs Popesco savent sur cette affaire ? Un formidable éclair me répond en déchirant le ciel pour libérer des tonnes de flotte alors que nous passons devant la maison de Gaston et Nicolaï au pas de course.

Les nuages ont dévoré le soleil. Il fait si sombre qu'on se croirait en pleine nuit. Les coups de tonnerre se succèdent en rafales comme les coups de cymbales d'un percussionniste dément, le vent s'acharne en bourrasques dans une atmosphère de fin du monde, et nous sprintons comme des dératés. Un parfum de paroxysme plane sur Margoujols. Tous les signes s'accordent pour annoncer l'arrivée de la scène de dénouement avec *twist* final placée en tête du cahier des charges du thriller contemporain. En tout cas, pour le décor, on est bon : ça pète de partout.

Les questions s'agitent dans ma tête. La clé du mystère se trouve-t-elle dans la maison des sœurs Popesco ? Les siamoises connaissent-elles l'identité de la tueuse ? Cachent-elles la criminelle ? Et si oui, pourquoi ? Je repense au roman que je voulais écrire sur une handicapée qui commettrait des meurtres par procuration. Les sœurs Popesco ont-elles chargé quelqu'un d'assassiner à leur place ? Ont-elles téléguidé des meurtres qu'elles ne pouvaient accomplir elles-mêmes à cause de leur infirmité ? Appolonie en serait capable, c'est sûr... Qui auraient-elles employé ? Quelqu'un du village ? Une inconnue ? Un *alter ego* de Winona Jane recruté sur Internet ? Une femme aussi intelligente que rusée qui...

Une image traverse mon esprit. Vanessa Leguerrec ? Elle a le profil parfait, toutes les « qualités » requises... Vanessa, la tueuse... fouinant partout sous l'identité d'une journaliste... au service des sœurs Popesco... mais dans quel but ? Non... Ce n'est pas cohérent. La tueuse que j'ai vue dans ma chambre était une femme âgée, j'en suis certaine. Bien sûr, Vanessa pourrait imiter la démarche d'une mamie, mais pourquoi ? Parce qu'elle est désaxée et qu'il ne faut pas chercher de logique dans les choix d'une malade ? Hum… Ça sent le raisonnement un peu facile pour se débarrasser d'une question compliquée, non ?

Je continue à me touiller la matière grise alors que nous arrivons, rincés, dans une maison plongée dans le noir. Papa n'est pas là. Maman allume. On a besoin de lumière, beaucoup de lumière. Le coffret va-t-il nous en offrir, enfin, en libérant des secrets étouffés depuis soixante-dix ans ? Maman l'ouvre en forçant sur la serrure à l'aide d'un tournevis. Le couvercle bascule, maman regarde à l'intérieur, plonge sa main, farfouille, fait durer le suspense juste ce qu'il faut, tout est dans le dosage. Trop peu, on est frustré ; trop long, on s'irrite. Ça y est, c'est le bon moment : elle en sort une liasse de documents.

— Il n'y a que de vieux papiers là-dedans. Pas d'objets précieux.

— Ffffffffffffchiééééééééééé. (= Montre.)

Maman me met les documents sous les yeux un par un. Ils sont rédigés en roumain. Des lettres jaunies, des imprimés administratifs, des prospectus… Rien d'intéressant à première vue. Sauf peut-être… Maman tient un livret. Très fin, il ne comporte que quelques pages. Très vieux, il tombe en lambeaux. On lit *Broşură de familie* sur la couverture. Un livret de famille.

Maman ouvre la première page, le nom de Balthazar Britiescu apparaît. Ainsi que celui d'une femme, et une date. 23 avril 1932. Le mariage de Balthazar, avec une certaine Elena. Une jeune femme de dix-neuf ans, morte en couches deux ans plus tard. Elena P... Non, c'est impossible. Aussi impossible que la page suivante sur laquelle les enfants du couple sont mentionnés. Une famille ordinaire, à mille lieues de la parade des monstres qui faisait le quotidien de Balthazar. Des enfants qui...

Sous le coup de la surprise, je m'étrangle. Ce que je viens de lire est un tel choc que je tousse à m'en déboîter la trachée. Maman prend peur et me tape dans le dos, ce qui a pour effet de me faire basculer vers l'avant et de m'étouffer davantage, mais on pardonne tout à une mère.

Je parviens à retrouver un semblant de respiration, maman me remet à peu près droite. Je relis les quelques lignes qui éclaircissent toute l'affaire et je n'en crois toujours pas mes yeux. J'ai gagné mes galons de détective, mais ce que je découvre est au-delà de tout ce que je pouvais imaginer. Il y a bien un monstre à Margoujols. Un vrai. Ça y est, je l'ai mon *twist* final. Le nom de la meurtrière est inscrit sur ce papier officiel. C'est...

Le noir complet. Comme par hasard.

Maman pousse un cri strident, j'en gargouille un plus discret, on ne voit plus rien. Maman nous éclaire avec son téléphone portable car une mère a toujours de la ressource. Où est Babiloune ? Par terre. Mort ? Assommé ? Non, il s'est évanoui de peur. De mieux en mieux. Le jour où j'écrirai une fiction, je bosserai mes personnages.

— C'est les plombs, dit maman. Reste avec Babiloune, je reviens tout de suite.

J'ai du mal à déglutir. D'après un célèbre théorème, un binôme A-B ne doit jamais se séparer dans une histoire criminelle, surtout vers la fin. Sauf que B a déjà quitté la pièce. Pour me rassurer, je me dis que, techniquement, je (A) ne suis pas seule. Babiloune (A′) est là, sage, allongé à mes roues, à imiter un parallélépipède rectangle.

La lumière ne revient pas. Ça commence à faire long. Pour passer le temps, je me concentre sur l'incroyable révélation du livret de famille de Balthazar. Sa femme s'appelait Popesco. Elena Popesco. Comme les enfants du couple, qui ont pris le nom de leur mère décédée pour monter sur scène : Appolonie et Louisette sont les filles de Balthazar Britiescu. Sauf que…

J'entends un bruit dans la pièce d'à côté.

— Ffffffffffffchiééééééééééé. (= Maman ?)

Pas de réponse. Plus un bruit. Quelqu'un vient pourtant d'entrer dans la pièce. Une ombre se dessine à la porte. Une silhouette portant une robe. Elle ne parle pas, elle ne bouge pas, elle m'observe. Ce n'est pas ma mère. Le tonnerre fait trembler la maison, juste au bon moment.

La tueuse est venue terminer son travail. Sans doute nous a-t-elle vus devant la maison des Popesco avant de nous suivre sous le déluge. Elle sait que j'ai compris qui elle était, comme ses autres victimes avant moi. Je force sur mon majeur endolori, j'appuie sur la molette de mon fauteuil et je fuis je ne fuis pas. Rappelons que mon fauteuil high-tech est en réparation et que le vieux n'a pas de commande digitale (il faut suivre). La silhouette s'approche. Le couteau aussi. Le tonnerre fait trembler la maison, timing parfait.

Pendant que la tueuse s'avance, je ne vois que deux solutions pour une fin digne où la méchante est punie et où la gentille, moi, ne décède pas dans d'atroces souffrances. 1) Maman surgit *in extremis*, se jette sur la meurtrière en poussant un cri de rage maternelle et me sauve des griffes de la mort pour me replonger dans celles de la tétraplégie. 2) Babiloune sort par miracle de sa léthargie, se souvient qu'il appartient au valeureux corps de la gendarmerie et attaque avec une fougue inédite afin de prouver au lecteur, qui n'y croyait plus, que l'évolution psychologique d'un personnage est possible dans cette histoire.

Sauf que le couteau est tout près, que Babiloune reste au sol et que maman fait durer le suspense. Un éclair déchire le ciel, pour changer un peu du tonnerre.

À cet instant, la solution numéro 3 s'invite alors que je n'y avais même pas pensé. D'abord un bruissement presque imperceptible, comme si la pièce se mettait à respirer, comme si elle prenait le temps d'une profonde inspiration. Puis ce sont les murs qui bougent, et des ombres qui s'en détachent, glissant de leur monde vers le nôtre. Une quatrième dimension s'ouvre, des fantômes envahissent la pièce. Une, deux, trois : trois ombres s'agitent pour donner naissance à des monstres aux contours étrangement familiers. Un éclair illumine leurs faces de gargouilles qui grandissent dans le dos de mon assassin. Le tonnerre fait trembler la maison, ça faisait longtemps. Soudain, une quatrième ombre tombe du ciel, déploie ses ailes au-dessus de nos têtes et s'abat sur mon bourreau comme un rapace, poussant un cri déchirant qui nous fige le sang : « Michael Jacksonnnnnnn ! »

Les ombres fondent sur la tueuse pour l'engloutir. Ça crie, ça gesticule, ça couine, ça frappe, ça chante *Who's bad ?*, ça peste, ça griffe, ça insulte, ça mord. L'affrontement est impressionnant, digne de l'apogée d'une intrigue parfaitement maîtrisée, mais il fait trop sombre pour en décrire davantage. Enfin, tout se dénoue. La lumière et maman reviennent. Mes sauveurs apparaissent. Nicolaï, qui maintient la tueuse au sol. Gaston, qui m'entoure de son affection. Le perroquet de Pietro, qui entame le refrain de *Thriller*. Et... Vanessa Leguerrec, échevelée, le tailleur détrempé, mais toujours sublime, qui lâche :

— Faites pas cette tête, Julie. Vous êtes toute crispée.

Sauvée par mes amis les monstres grabataires... Quel beau dénouement plein d'humanité sur la revanche des réprouvés ! Gaston calme un peu ma joie en m'expliquant que je dois tout à Vanessa. Elle nous a suivis jusqu'à la maison des Popesco dans une perspective d'espionnage journalistique dont on ne discutera pas la dimension déontologique vu les circonstances. Puis, alors que nous fuyions sous le déluge, c'est elle qui a aperçu la tueuse sur nos pas, elle qui a rameuté Nicolaï et Gaston qui étaient restés à leur fenêtre, elle qui a couru à notre secours pour offrir à cette histoire un dénouement heureux, car les gens en ont besoin dans cette période de crise identitaire de la société occidentale. Vanessa ? Il faudra que je pense à la remercier un de ces jours.

Au centre de notre groupe, seule, fragile, inoffensive, la meurtrière reste allongée sur le parquet. On va donner son nom parce que la rétention d'information au nom du suspense, ça va cinq minutes : c'est Louisette Popesco. La siamoise.

Sauf que là, elle est venue sans sa sœur.

Une siamoise seule. Si c'est pas un sacré *twist* final, ça.

19 h 01

Dans le livret de famille de Balthazar Britiescu, il est précisé qu'Appolonie a vu le jour le 16 mai 1934 à 5 h 36 du matin, et Louisette à 5 h 44. Les sœurs Popesco sont nées à huit minutes d'intervalle. Elles sont jumelles, pas siamoises.

La surprise de Nicolaï et de Gaston n'est pas feinte, ils n'étaient pas au courant. Le secret était enfoui depuis si longtemps… Maman et Babiloune m'entourent à leur tour, en état de sidération devant Louisette, recroquevillée au sol, si vieille, si frêle. Des mots sortent de sa bouche fatiguée. Des mots sans ordre, parfois inaudibles, que je recueille un à un, que je recolle peu à peu, et qui racontent une histoire.

L'histoire d'un monstre. Balthazar.

Balthazar Britiescu partageait la vie d'une jeune acrobate de son cirque, Elena, qu'il martyrisait. Quand Elena est morte en donnant naissance à des jumelles, il a vite séché ses larmes en flairant la bonne affaire pour son projet de foire aux monstres. Appolonie et Louisette ont grandi attachées l'une à l'autre par une ceinture, habillées de la même robe, exhibées en sœurs

301

siamoises. Chaque jour, Balthazar les battait. Chaque jour, il menaçait de les tuer si jamais elles révélaient leur secret.

Le soir de ses onze ans, alors que le cirque venait d'arriver à Margoujols, Louisette a surpris Balthazar en train d'abuser de sa sœur. Elle s'est emparée d'un couteau et l'a plongé dans ce corps qui faisait crier Appolonie. Puis les deux sœurs se sont acharnées sur leur tortionnaire, dans un état de transe. Elles l'ont découpé en morceaux comme si la mort ne suffisait pas pour effacer son existence, comme si elles avaient peur de voir son corps revenir les hanter.

Personne n'a soupçonné les sœurs que leur infirmité protégeait. Si maladroites pour se déplacer, si encombrées de leur corps, comment auraient-elles pu tuer un homme de la corpulence de Balthazar ?

Les jumelles ont continué à jouer les siamoises pour se protéger du monde extérieur, rongées par l'angoisse que leur secret soit découvert, hantées par la voix de Balthazar les menaçant de mort si quelqu'un apprenait la vérité. Deux sœurs reliées à jamais par un monstre, par un crime et par la sourde folie qui s'est peu à peu emparée de leurs esprits d'enfants martyrs.

Appolonie et Louisette vécurent ainsi isolées dans leur maison, le seul lieu où elles pouvaient se déplacer librement, chacune dans son corps. Elles limitèrent leurs relations avec le monde extérieur aux commandes de travaux de couture et à la messe du dimanche. Personne ne découvrit leur secret, pas même Lucette Chabal, la seule à les côtoyer d'assez près. Personne jusqu'à Joseph Zimm qui avait pour habitude de fureter partout dans le village.

Un soir que les volets des sœurs Popesco étaient un peu plus entrebâillés que d'habitude, Appolonie se retrouva face à face avec Joseph le voyeur. Elle lut la sidération dans ses yeux et comprit que c'en était fini de leur secret. Face au désarroi de sa sœur, face à l'ombre de Balthazar qui planait à nouveau sur leur destinée, la douce Louisette se rendit chez Joseph à la faveur de la nuit.

L'homme-homard était soûl, comme d'habitude. Sarcastique, comme toujours. Odieux, plus que jamais. Louisette tenta de l'amadouer, de lui faire jurer le silence, en vain. Joseph était aussi ivre d'alcool que de son secret dont il comptait bien jouir jusqu'à l'extase. Louisette attendit que son ancien comparse du cirque Britiescu sombre dans le sommeil, et elle fit ce qui devait être fait.

Le lendemain, elle téléphona à Lucette Chabal sous un prétexte futile et obtint ce qu'elle voulait : le récit détaillé de la découverte du cadavre de Joseph et des premiers pas de l'enquête. Lucette lui apprit que Valentine Musson avait croisé la tueuse pendant la nuit, qu'elle lui avait paru familière et qu'elle comptait sur de nouveaux flashs pour l'identifier. Louisette comprit que Valentine était dangereuse. Cette nuit-là, elle fit à nouveau ce qui devait être fait.

Une heure après l'annonce de la mort de Valentine, Lucette frappa à la porte des Popesco. Elle voulait leur parler, Louisette refusa d'ouvrir. Lucette se fit insistante et pleine de sous-entendus. Elle avait trouvé Louisette bizarre, la veille, au téléphone... Surtout quand elle lui avait parlé de Valentine... Elle rappela que sa mère, la femme à barbe, lui avait souvent parlé du mystérieux meurtre de Balthazar, mais aussi de ses soupçons… Des choses qu'elle suspectait à propos des siamoises, mais dont elle refusait de parler… Lucette exigeait de connaître la vérité. Elle réclama d'être reçue, la porte resta close. Vexée, Lucette se retira sur une menace. Sa mère disait toujours que Balthazar avait été enterré avec ses secrets. Sa tombe contenait peut-être la vérité. S'il fallait en passer par là, elle était prête à tout.

Le soir venu, Louisette observa Lucette au cimetière pendant qu'elle récupérait le coffret. Puis elle suivit la moustachue jusque chez elle, attendit que la lumière s'éteigne et fit en sorte de préserver le secret des siamoises.

Le coffret récupéré, Louisette se pensait à l'abri. Mais c'était compter sans les filles Beekmans et leurs rapines nocturnes qui l'ont obligée à prendre le risque de sortir en plein jour pour récupérer son bien des mains de Babiloune. C'était compter aussi sans Pascalini qui était revenu à la charge en annonçant qu'il obtiendrait sous peu un mandat de perquisition pour obliger les sœurs à ouvrir leur porte. Il laissa entendre que leur comportement était suspect, qu'il y avait quelque chose de bizarre dans cette maison et qu'il en aurait bientôt le cœur net. Pascalini avait-il compris ? Pensait-il à Louisette quand il avait lancé qu'il savait qui avait tué ? On ne le saura jamais. Seule certitude : Louisette s'affola. Personne ne devait entrer chez elle. Elle devait protéger le secret, elle n'avait pas le choix. Elle s'introduisit dans l'hôtel pendant la nuit, Pascalini était ivre mort, ce fut facile.

Louisette s'arrête de parler et ferme les yeux. La sidération nous laisse sans voix. Babiloune se penche vers la vieille femme. Il veut comprendre pourquoi elle a tué Pascalini. Il suffisait d'ouvrir la porte à l'adjudant la première fois qu'il était venu les trouver. Il suffisait de répondre à ses questions et personne n'aurait jamais eu le moindre soupçon. Pourquoi Pascalini ? pleure le fidèle Babiloune. Il a raison, mais Louisette ne répond pas.

Les yeux clos, elle ne répondra plus jamais.

Fin.

Épilogue

La question de Babiloune ne resta pas sans réponse, sinon ce serait trop agaçant. Alors que maman s'occupait d'avertir la police, notre troupe s'est rendue chez les sœurs Popesco. Mes amis les monstres voulaient parler à leur camarade Appolonie avant que les autorités et les médias ne s'en mêlent. Ce ne fut pas possible.

Plus fidèle que jamais à son caractère ombrageux, Appolonie ne lâcha pas un mot. Elle reposait sur son lit, morte depuis au moins une semaine.

Son cœur avait lâché. Sans doute après avoir croisé le regard de Joseph. Après avoir compris que la vérité serait dévoilée et que la malédiction de Balthazar les emporterait.

Une semaine pendant laquelle Louisette avait tenté de préserver leur secret dans la plus terrible des solitudes. Voilà pourquoi elle n'avait pas ouvert à Pascalini… C'est elle qui avait parlé derrière la porte en imitant la voix furieuse de sa sœur. C'est elle qui avait continué à jouer la comédie des siamoises toute seule. Elle qui avait fait ce qui devait être fait.

Je me demandais si une siamoise pouvait vivre long-temps après le décès de sa sœur. J'ai eu ma réponse.

Voilà, c'est fini. Le mystère est résolu, la tueuse hors d'état de nuire, les gentils épargnés, ou presque. *Happy end*. C'est ce que j'aime dans les romans policiers, il y a toujours un responsable au malheur des gens. C'est formidable un coupable. On peut focaliser notre haine sur lui, assouvir notre besoin de vengeance, vivre notre petite catharsis. Et lorsque le châtiment est tombé, on peut reprendre notre train-train quotidien. Les habitants de Margoujols vont vite retrouver leurs habitudes, mes parents leur routine, et moi ma prison.

Mon problème, c'est que je n'ai pas de coupable à haïr. On a tué mon corps, on a volé ma vie, et je n'aurai jamais de responsable sous la main. Les héros tragiques pouvaient s'en prendre aux dieux, au destin, au Ciel, et vider leur fiel sur des figures identifiées. Moi, je suis toute seule face à mon malheur. Victime sans coupable.

Oh, je suis désolée… Je me rends compte que j'ai plombé la fin de mon récit. J'ai bousillé mon *happy end*, j'ai souillé l'esprit *feel good*, j'ai gâché votre plaisir. Que voulez-vous, je ne suis pas équipée pour tourner sept fois la langue dans ma bouche avant de parler. Vous pensez peut-être « Quelle petite conne, cette Julie » ?

Si c'est le cas, je vous dis : merci.

Table

*Cet ouvrage a été composé et mis en page
par Nord Compo à Villeneuve-d'Ascq*

Imprimé en France par **CPI**
en mai 2021
N° d'impression : 2058119

Pocket – 92 avenue de France, 75013 PARIS

Dépôt légal : février 2007
Suite du premier tirage : mai 2021
S29792/03